# El depredador

¡El libro también se
transforma! ¡Pasa
las páginas y verás!

Busca estos libros de la serie

de K.A. Applegate

# ANIMORPHS ™

## El depredador

### K.A. Applegate

**Scholastic Inc. / Emecé Editores**

Emecé Editores S.A.
Alsina 2062 - Buenos Aires, Argentina
e-mail: editorial@emece.com.ar
http: //www.emece.com.ar

Título original: *Animorphs #5, The Predator*
Traducción: *SEDET*
Quote from p.59 of *Journey to the Ants*
by Bert Holldobler and Edward O. Wilson.
Copyright © 1994 by Bert Holldobler and Edward O. Wilson.
Reprinted by permission of Harvard University Press.

Ilustración de tapa: *David B. Mattingly*
Primera edición: 9.500 ejemplares
Impreso en Companhia Melhoramentos de São Pablo
Febrero del 2000

IMPRESO EN BRASIL / PRINTED IN BRAZIL
Queda hecho el depósito que previene la Ley 11.723
I.S.B.N.: 950-04-2101-0
50.005

A Michael

⃞e llamo Marco. No puedo decirles mi apellido ni el lugar donde vivo. Ojalá pudiera, créanme. Nada me gustaría más que poder decirles que me llamo Marco Jones, Williams, Vásquez, Brown, Anderson o McCain.

Marco McCain. Suena bien, ¿no?

Pero McCain no es mi apellido. Ni siquiera les puedo jurar que *Marco* sea mi nombre de pila. Lo que pasa es que espero seguir vivo mucho tiempo más. No pienso facilitarles a los yeerks la tarea de encontrarme.

Vivo en un mundo paranoico. Pero que yo sea paranoico no quiere decir que no tenga enemigos.

Tengo enemigos *de verdad*. Enemigos que basta con verlos para que a uno se le hiele la sangre.

De modo que me gustaría decirles mi nombre,

7

dirección y número de teléfono, porque si pudiera hacerlo significaría que ya no tengo más enemigos. Significaría que mi vida habría vuelto a la normalidad. Significaría que podría volver a ocuparme de mis propios asuntos.

Creo que está bien ocuparse solamente de los propios asuntos.

Por eso fue tan tonto lo que me pasó cuando volvía del centro comercial a mi casa.

Había ido a comprar pan, una leche descremada y un paquete de maníes M&M, y volvía caminando. Desde que murió mamá, he tenido que encargarme de las compras y de varias tareas hogareñas para papá y para mí.

Este centro comercial no queda en el mejor de los vecindarios, así que yo venía caminando rápido, ocupándome de lo mío, tratando de no pensar en que ya eran más de las diez de la noche.

Entonces oí algo.

—No me hagan daño, no me hagan daño.

Era una voz de hombre. Un viejo, a juzgar por el sonido. Venía de un callejón oscuro.

Vacilé. Me detuve. Apoyé la espalda contra el frío muro de ladrillo y presté atención.

—Dame el dinero, no más, viejo. No me obligues a hacerte daño —dijo una segunda voz. Una voz más joven, recia.

—¡Ya les di todo! —gritó el viejo.

Entonces el rufián dijo algo que no puedo repetir. En resumidas cuentas, se estaba preparando para aporrear al viejo. Oí otras voces. Tres malvivientes en total. Evidentemente el viejo no lo iba a pasar nada bien.

—Este problema no te concierne, Marco —me dije a mí mismo—. Manténte al margen. No seas idiota.

Tres delincuentes. Cada uno probablemente del doble de mi tamaño. No soy exactamente Arnold Schwarzenegger. Ni siquiera alcanzo la altura promedio para mi edad, aunque lo compenso siendo muy atractivo.

Además de simpático, ingenioso y modesto.

Pero seguramente los tres pandilleros no se iban a sentir muy impresionados por mi belleza.

Afortunadamente, tengo otras capacidades.

Había pasado un tiempo desde la última vez que hice esta transformación en particular, pero a medida que me fui concentrando, la sentí volver. Fui hacia el callejón y me escondí detrás de un contenedor para basura que despedía muy mal olor.

Lo primero en suceder fue el cambio de la piel. Brotaba rápidamente de mis brazos y piernas y por todo mi cuerpo. Piel gruesa, áspera, peluda y negra. Los pelos eran más largos sobre las piernas, los brazos y la cabeza, y más cortos en el resto del cuerpo.

La mandíbula se me hizo prominente. Podía oír el ruido de los huesos de mi mandíbula a medida que el ADN no humano me cambiaba el cuerpo.

9

Transformarse no duele. A veces da un poco de pánico, pero no duele. Y siendo lo que son las metamorfosis, ésta no fue terrible. Quiero decir que conservé los brazos, las piernas y otras cosas. No fue así cuando me transformé en águila pescadora. O en delfín. Cuando fui delfín respiraba por un agujero que tenía en la parte de atrás del cuello.

Con esta metamorfosis me quedaron los brazos, como siempre, sólo que mucho más grandes. *Mucho* más grandes. Las piernas se me arquearon hacia adelante. Los hombros se me hicieron tan voluminosos que era como tener dos cerdos encima de la espalda. También tenía una panza redonda y enorme, y un pecho rugoso.

Mi cara era una máscara negra, protuberante y como de goma, y mis ojos casi no se veían debajo de mis espesas cejas.

Me había transformado en gorila.

Ahora bien, lo que pasa con los gorilas es esto: son los animales más dulces que hay. Si uno los deja en paz, se quedan sentados y comen hojas todo el día.

Y eso era lo único que la mente del gorila quería hacer en ese momento: comer hojas, tal vez una rica fruta.

Pero dentro de esa cabeza, junto con los instintos del gorila, también estaba yo. Y había decidido darles una lección a esos rufianes. Ahora que estaba metido dentro del cuerpo del gorila, pesaba doscientos kilos. Y tenía una fuerza descomunal.

¿Cuánta fuerza? Déjenme decirlo así: comparado con el gorila, el ser humano está hecho de escarbadientes. Mi fuerza no era el doble de la de un hombre, sino tal vez cuatro, cinco o seis veces superior. Unos metros más allá, en el callejón, los delincuentes habían perdido la paciencia con el viejo.

—Démosle una paliza —propuso uno de los genios.

Fue entonces cuando decidí decir "aquí estoy". Para atraer su atención, levanté el contenedor y lo lancé contra el muro que estaba al final del callejón.

Sí, un contenedor bien grande.

¡CRASH! ¡BUM!

—¿Qué fue eso?

—¡Miren! ¿Qué es esa cosa?

—¡Epa! ¡Es una especie de... de mono!

"¡Mono!", pensé. "¿Perdón? ¿Mono? Ya vas a ver lo que hace este mono."

Antes de que pudieran decidir qué hacer, ataqué. Con los nudillos rozando el suelo e impulsándome con mis cortas piernas, ataqué.

Si los rufianes hubieran tenido dos dedos de frente, habrían huido.

Pero no.

—¡Atrápalo! —gritó uno.

Lo agarré del brazo con mi enorme puño. Lo levanté y lo tiré por el aire por encima de mi hombro.

—¡Aaaaaaaahhhhhh!

¡BUUM!

Aterrizó en el suelo, a mis espaldas. Los otros dos se lanzaron sobre mí, uno por la izquierda y el otro por la derecha. Vi el brillo de un cuchillo. El cuchillo me hizo un tajo en el brazo. Casi me dolió.

—¡Juu Juu! ¡Grrrooooaaaaaauuuuurrrr!!! —grité al más puro estilo gorila.

Con el dorso de la mano de mi brazo herido le pegué en el pecho al del cuchillo, y el tipo salió volando. En serio, *voló*. Dio contra la pared y cayó.

Al tercero lo agarré del cuello de la camisa y lo arrojé al contenedor.

—¡No me mates! —gritó mientras planeaba por el aire.

No tenía intención de matar a nadie. Alcé al del cuchillo y lo puse en el contenedor, al lado del amigo. No estaba respirando muy bien, pero me imaginé que sobreviviría.

"Ja", pensé. "¿Quién necesita al hombre araña cuando Marco entra en acción?"

Mientras me decía a mí mismo lo inteligente que era, oí el sonido.

Era un clic. Dos clics, en realidad. El sonido de una pistola automática al ser preparada para disparar.

Me di vuelta.

Era el primero de los tipos. El que había arrojado hacia atrás. Estaba de pie, apuntándome con el arma.

Yo era grande. Era poderoso. Pero un arma era otra historia. ¡Y el ruido! Qué fuerte es ese ruido.

—¡Ja! Ven a buscar un poco de plomo, hombre mono.

Me metí de inmediato detrás del contenedor. Apoyé mis enormes hombros contra el borde y lo mandé rodando y girando hacia el tipo de la pistola.

—¡Ahhhhhhhhh!

Final de la historia para el pistolero.

Fui a verificar. Estaba vivo. No lo vi muy feliz, pero al menos seguía vivo. El arma no estaba por ninguna parte.

"Bueno, Marco", pensé, "eso estuvo bien. Ahora busca algún lugar solitario, vuelve a transformarte en humano, llama a la policía para que detenga a estos tipos y todavía vas a tener tiempo de llegar a tu casa para ver a Letterman."

Lamentablemente, me había olvidado de algo.

—L... L... Largo de aquí, ¡monstruo!

El viejo. El que yo había salvado arriesgando la vida. Estaba parado frente a mí. Temblaba de miedo y tenía la cara roja.

"Uy", pensé. "Así que el arma vino a parar aquí."

El viejo me estaba apuntando.

—¡Atrás, demonio! No te me acerques.

¡Pum! ¡Pum! ¡Pum!

Me escabullí del callejón sintiendo las balas que silbaban a mi alrededor.

Lo cual explica por qué nunca hay que meterse en los problemas de los demás.

# CAPÍTULO 2

—Sí, entonces, hago el número del gorila, ¿no es cierto? Salvo al viejo. Soy el héroe. Soy el Hombre Araña, Superman, Batman.

—O al menos el Muchacho Gorila —interrumpió Rachel.

Dio una voltereta cuando íbamos cruzando por el pasto acolchado. Rachel se dedica a la gimnasia deportiva. Distrae mucho la atención que alguien haga una pirueta cuando te está hablando.

Era el día siguiente a mi acto heroico. Estábamos todos en la granja de Cassie, en un prado lejano: Jake, Cassie, Rachel y yo paseando entre pequeñas matas de flores silvestres. Tobías volaba por encima de nuestras cabezas, a unos treinta metros de altura, en un cielo salpicado de nubes blancas y brillantes.

—¿Y saben lo que pasó mientras yo hacía de Capitán América? —les pregunté—. El viejo me disparó con la pistola. Perdí los envases de leche y el paquete de maníes M&M.

Jake me miró irritado.

—¿Marco? Estuviste bien en rescatar al viejo. Pero honestamente no deberías transformarte en gorila.

Ahora, mientras están leyendo esto, seguramente estarán pensando: "¿Y, Marco? Te falta contar algunas cosas. Por ejemplo, ¿cómo haces para transformarte en gorila?"

Buena pregunta.

Sucedió una noche oscura, mientras volvíamos del centro comercial a casa. Éramos cinco.

A mí ya me conocen.

Jake es mi mejor amigo, aunque lamentablemente a veces es un poco insoportable. Es uno de esos "tipos serios". Uno dice la palabra "responsabilidad" y él de inmediato empieza a prestar atención. Es la clase de chico que siempre parece más grande de lo que es. Eso se debe a que siempre tiene esa actitud tipo "Yo me hago cargo, pueden confiar en mí". Tiene un aspecto que transmite confianza, con su pelo castaño, sus ojos marrones y su mentón tan particular.

También tiene sentido del humor y es muy inteligente, y yo le confiaría mi vida en cualquier momento, aunque nunca se lo *diría*.

Después está Cassie. En esa época yo no la conocía muy bien. Pero creo que ahora es algo así como la novia de Jake. Por supuesto, se supone que nadie debe saber esto. ¡¡¡Ssshhhh!!! Es un secreto. Cassie es la que menos se me parece. Si yo soy la comedia, ella es la poesía. Es pacificadora por naturaleza. Es la que se da cuenta cuando alguien se está sintiendo mal y encuentra algo lindo para decirle y hacerlo sentir mejor. Y no es que lo esté manipulando. Se preocupa de veras por todo. Tiene algo así como una gran amabilidad.

Cassie es nuestra experta en animales. El padre y la madre son veterinarios y ella pasa la mayor parte de su tiempo libre ayudándolos en su Clínica de Rehabilitación de Animales Silvestres. Funciona en el granero de la granja. Salvan animales heridos: pájaros carpinteros, águilas, ciervos y algunos otros. Cassie sabe cómo lograr que un lobo herido y furioso tome sus píldoras. (No es fácil. Créanme. Yo una vez *fui* lobo.)

Uno va al granero y encuentra a esa chica negra, bajita, vestida con overol y botas, con la mitad del brazo metida dentro de la boca de un lobo, que se lo podría arrancar de un mordisco. Y ella sonríe y actúa como si fuera una cosa de nada. Y el lobo se queda ahí parado, con cara de niño que quiere ganarse la medalla al mejor compañero de la escuela.

Después está Rachel. Muy hermosa. Tiene el tipo de supermodelo rubia y de piernas largas. Miss Elegancia. Miss Perfecto Maquillaje. Miss Tiene Todo: es linda y *además,* inteligente.

Rachel es prima de Jake, una preciosura total que, lamentablemente, también está loca de remate. En cierto modo, debajo de ese pelo perfecto y de esos dientes perfectos, hay una guerrera amazona enloquecida que lucha por salir.

Escuchen lo que Rachel dice cada vez que decidimos hacer algo tan peligroso que por poco uno se moja los pantalones de miedo:

—¡Soy de la partida! ¡Vamos! ¡Hagámoslo!

Juro que, si Rachel pudiera, andaría con una armadura puesta, enarbolando una espada. Y sería una armadura a la moda, que le quedaría fantástica.

Después está Tobías. Esa noche en que estábamos en la obra en construcción, Tobías era un chico de aspecto frágil a quien yo apenas conocía. Jake le caía bien porque en una oportunidad lo había salvado de que unos bravucones le dieran una paliza.

Para serles honesto, no recuerdo muy bien el aspecto que Tobías tenía entonces. Ahora, por supuesto, parece un ave de presa furiosa y feroz.

Nuestro poder de transformarnos tiene una desventaja: hay un límite de dos horas. Si estamos más de dos horas transformados, nos quedamos así para siempre.

Por eso Tobías estaba volando sobre nuestras cabezas, buscando la corriente ascendente de aire cálido con sus amplias alas. Tobías es un halcón. Un halcón de cola roja, para ser más exactos. Supongo que siempre lo será.

A veces le hago bromas.

Lo que le pasó a él me da terror.

Como sea, esa noche estábamos tomando un atajo a través de una obra en construcción, un lugar extenso y abandonado. Se suponía que iba a ser un centro comercial, pero lo dejaron por la mitad.

Entonces, para decirlo en pocas palabras, apareció una nave espacial. Llevaba a un andalita que se estaba muriendo por las heridas que había sufrido en la guerra que ellos libraban contra los yeerks en la órbita terrestre. O por ahí cerca. Fue él quien nos contó acerca de los yeerks, unos seres parásitos que usan los cuerpos de otras especies. Se apoderan de ellos, los controlan. Así se le dice a un ser humano que ha sido tomado: un controlador. Un controlador humano.

Tom, el hermano de Jake, es uno de ellos. Un controlador.

Y el padre de Melissa, una amiga de Rachel, también es un controlador.

Los andalitas luchan contra los yeerks. Habían intentado detener la invasión terrestre secreta que realizaban los yeerks, pero lo cierto es que fueron sacados a patadas. Antes de morir, el andalita nos prometió que llegarían refuerzos... tarde o temprano. Mientras tanto, lo único que podía hacer por nosotros era darnos un arma.

Esa arma era el poder de transformarnos: con tocar cualquier animal, podríamos adquirir su ADN, y luego *transformarnos* en ese animal.

Así que ése fue el trato. Nosotros cinco, cinco chicos comunes y corrientes, tendríamos que luchar contra los yeerks hasta que los andalitas vinieran a rescatarnos.

Cinco chicos contra los yeerks. Los yeerks, que ya habían conquistado a los terroríficos hork-bajires y los habían transformado en controladores. Los yeerks, con sus temibles aliados, los controladores taxxonitas. Los yeerks, que ya se habían infiltrado en la sociedad humana, transformando a policías, maestros, soldados, alcaldes y periodistas televisivos en controladores. Estaban por todas partes. Podían ser cualquiera de nosotros.

Y lo único que teníamos eran cinco chicos que podían transformarse en pájaros.

O en gorilas.

—No creo que debamos hacer nuestra metamorfosis en la calle para poder impedir delitos comunes —se puso a sermonear Jake—. Recuerda lo que les pasó a Rachel y Tobías, y pregúntales si no fue una locura.

Estaba por discutir cuando Rachel alzó la voz.

—Creo que Marco actuó como correspondía.

19

¿Qué iba a hacer, si no? ¿Irse caminando como si nada? No me parece.

—Bueno, ahora sí sé que me equivoqué —dije yo—. Siempre que Rachel cree que estuve bien, seguro que hice lo que no correspondía. Además, eso era lo que yo quería decir. Arriesgué mi vida por ese viejo y ni siquiera me dio las gracias.

—No sé si fue una buena idea —dijo Cassie— pero el sentimiento que la impulsaba era bueno. Creo que fue un acto heroico.

Bueno, ¿qué podía decir yo a eso? Es muy difícil estar en desacuerdo con alguien que te considera un héroe.

Jake decidió dejarlo pasar. Lamentablemente, la razón por la que lo hizo era que tenía algo más importante para tratar.

Puso esa mirada seria que tiene él.

Odio esa mirada seria. Siempre significa problemas.

—¿Jake? ¿Me vas a decir por qué estamos todos caminando por el campo, aparte de que es un día hermoso?

—Vamos a ir a ver a Ax —explicó Jake—. Cassie y yo estuvimos hablando con él estos últimos días. Ya sabes, acerca de lo que él quiere hacer.

—Ay, oh —murmuré—. Tengo la sensación de que esto no me va a gustar.

—Bueno... probablemente no. Ax quiere volverse a su casa —dijo Jake.

20

—¿A su casa? —repitió Rachel.

—Al mundo andalita —dijo Cassie. Ax, cuyo verdadero nombre es Aximili-Esgarrouth-Isthil, es andalita.

Me detuve, y lo mismo hicieron mis amigos.

—Perdón, pero... ¿el mundo andalita no queda un poco lejos?

—Según Ax, está a unos ochenta y dos años luz —confirmó Jake.

—La luz viaja a trescientos mil kilómetros por segundo —señalé—. Hay sesenta segundos en un minuto. Sesenta minutos en una hora. Veinticuatro horas en un día. Trescientos sesenta y cinco días en un año. Multiplica todo eso y tendrás un año luz. Y ahora multiplícalo por ochenta y dos.

Rachel se rió.

—Veo que no te dormías en las clases de ciencias, Marco.

—Intentamos calcularlo en kilómetros, pero ninguna de nuestras calculadoras alcanza para cifras tan altas —dijo Jake.

—No sé si me equivoco, Jake, pero no creo que ninguna de las líneas aéreas importantes viajen hasta el mundo andalita —dije.

—Ya sé —me respondió asintiendo con la cabeza—. Por eso vamos a tener que robar una nave espacial de los yeerks.

# CAPÍTULO 3

—Ahí está —dijo Cassie.

Seguí la dirección de su mirada. Donde terminaba el prado, cerca de una hilera de árboles, estaba él.

Ax.

El andalita.

A la distancia cualquiera hubiera creído que se trataba de un ciervo o un caballo pequeño. Tiene cuatro pies con cascos, que se desplazan a una velocidad extraordinaria. La parte superior de su cuerpo se parece a la de un caballo, salvo que cuando se lo ve más de cerca se perciben dos brazos de tamaño humano.

Su cabeza es más bien triangular, con dos ojos enormes en forma de almendra. Esos son sus ojos principales. Tiene dos ojos adicionales, cada uno en la punta de una especie de tallo. Los tallos le brotan de la parte de arriba de la cabeza y se mueven, apuntando los ojos en cualquier dirección. Pero lo que realmente asombra es la cola.

Según Cassie y Rachel, Ax es atractivo. Como soy varón, no puedo juzgar. Lo único que sé es que cuando uno ve esa cola se da cuenta de que Ax no es un osito koala ni un cachorrito cualquiera. La cola de los andalitas se parece a la de un escorpión. Tiene forma de rulo y cuenta con un filo de metal que les sirve de arma. Pueden atacar con esa cola más rápido de lo que el ojo humano alcanza a ver.

Yo había visto cómo lo hacía el primer andalita. Durante los instantes anteriores a su muerte a manos de la criatura malvada conocida como Visser Tres, el príncipe andalita atacó repetidas veces con esa cola.

Ese recuerdo volvió a mí cuando vi a Ax galopando hacia nosotros con la cola enroscada, lista para entrar en acción.

—Espero que no haya nadie cerca —dijo Jake, preocupado. Miró en derredor. Era un lugar remoto. La casa y el granero de Cassie estaban bastante más allá del horizonte. Y no había ninguna razón para que hubiera alguien en ese campo distante.

Miré hacia arriba y vi las plumas de la cola rojiza de Tobías. Lo saludé con la mano.

<No hay nadie,> respondió Tobías en lenguaje telepático. <Hay unas personas de picnic, pero están a kilómetros de aquí.>

Ax llegó galopando.

<¡Príncipe Jake!> dijo, también en lenguaje telepático.

Jake gruñó. A Ax se le había metido en la cabeza que Jake era nuestro líder, lo que en parte era cierto. Y supongo que para un andalita cualquier líder es una especie de príncipe.

Ax no tiene boca. Todavía nadie le preguntó cómo hace para comer sin boca.

Se comunica a través del lenguaje telepático. Es la misma forma de comunicación que usamos cuando estamos transformados. Para nosotros los humanos, sirve *solamente* cuando estamos transformados. Para los andalitas es su forma normal de comunicarse.

—Hola, Ax —le dijo Jake, mientras el andalita empezaba a frenar deslizándose sobre sus pezuñas y se detenía a unos pocos metros de nosotros—. ¿Cómo estás?

<Estoy bien. ¿Y ustedes?>

—Yo, bien —dijo Cassie.

Tobías bajó planeando desde el cielo, hasta que se detuvo e hizo un aterrizaje perfecto.

—Yo también estoy bien, Ax —dije—. O al menos lo estaba hasta que oí a alguien decir una cosa realmente estúpida.

Ax parecía indeciso. Deslizó uno de sus tallos hacia adelante para mirarme mejor.

<¿Cuál es esa estupidez?>

—Alguien dijo que intentaríamos robar una nave espacial de los yeerks —dije.

Sonrió con una sonrisa andalita, que es difícil de describir, salvo el detalle de que la hace con sus ojos principales.

<¿Crees que será peligroso?>

—¿Peligroso? No, saltar desde un décimo piso es peligroso. Meter la lengua en el enchufe es peligroso, por no decir doloroso. Pero robar una nave de los yeerks es algo más que eso.

<Cuanto mayor el peligro, mayor el honor, ¿no es así?>

Miré a Rachel de reojo y le dije:

—Creo que has encontrado a tu futuro esposo.

—Puede ser muy honorable el intento de conseguir una nave yeerk, Ax —dijo Jake—. Pero el honor *no es* nuestro objetivo más importante.

El andalita lo miró sorprendido, o eso creo. Sus ojos principales se ensancharon y sus tallos se extendieron hasta alcanzar su altura máxima. Para mí, parecía sorprendido.

<¿Por qué otra cosa luchas, si no es por el honor?>

Jake se encogió de hombros.

—Mira, estamos tratando de hacer todo lo posible por causar daño a los yeerks. Pero también tra-

25

tamos de conservar la vida. Somos lo único que queda. Quiero decir que nadie más que nosotros sabe que hay una invasión yeerk. Así que si nos llega a pasar algo... —Dejó la frase por la mitad.

<No quise ofenderte,> dijo Ax. <Tienes razón, por supuesto. Están solos. Si fallan, todo está perdido.>

—Entonces la pregunta es si podemos hacer algo sin que nos maten —señaló Jake.

—Sí, no nos hace nada de gracia la idea de que nos maten —agregué yo—. Entonces, ¿cómo vamos a hacer para capturar una nave yeerk? Están en órbita. Nosotros estamos aquí abajo. No podemos llamarlos y pedirles que bajen.

<Sí, podemos hacerlo,> dijo Ax.

—¿Qué?

<Podemos llamarlos.>

—Correcto.

<Puedo crear una señal de alarma yeerk. Enviarán una nave a investigar.>

—¿Quieres decir que les vamos transmitir un mensaje como por ejemplo: "Hola, hola, Visser Tres, envíanos una nave para recogernos"? —dije.

Esperaba que alguien se riera porque la idea era totalmente ridícula, pero nadie se rió.

—Si me disculpan —dije—, en lo personal ya he tenido suficiente con Visser Tres como para andar llamándolo por teléfono.

<Nuestro plan no va a incluir a esa... a esa bestia inmunda,> dijo Ax.

Eso era lo que me gustaba de Ax: que odiaba a Visser Tres. Me hacía acordar al príncipe andalita, su hermano mayor. Cuando cualquiera de los dos pronunciaba la palabra "yeerk", por no hablar del nombre "Visser Tres", se podía sentir la ira vibrando en el aire.

<Será un asunto menor,> dijo Ax. <Oirán la señal y enviarán una nave Insecto para investigar.>

—Siempre hay como mínimo un hork-bajir y un taxxonita a bordo de cada Insecto —destaqué—. Ponerse a jugar con los hork-bajires no es cualquier cosa.

<¿Les tienes miedo?> me preguntó Ax. Me miraba fijo con sus cuatro ojos.

—Ya lo creo.

<El miedo es indigno de un guerrero.>

A mí él me parecía demasiado decidido. No sé mucho sobre los andalitas, pero tengo la sensación de que a éste lo entendía un poco. Él estaba vivo, pero todos los otros andalitas que habían venido a la Tierra, incluso el príncipe hermano de Ax, estaban muertos.

Así que hice un intento más. A lo mejor se me fue un poco la mano, pero él me había hecho enojar dando a entender que yo podía ser un cobarde. Entonces le pregunté:

—¿Cuántas veces has luchado contra un hork bajir? ¿O contra otro controlador?

Sus tallos perdieron rigidez y se inclinaron hacia abajo. Arañó el suelo con una pezuña.

<Nunca,> dijo.

Hice un gesto de satisfacción.

—Ah, ya me parecía. Entonces déjame decirte algo, Ax. Es terrorífico. Es tan terrorífico que a veces no deseas otra cosa que morirte porque es más fácil que soportar el terror.

"Bueno", pensé mientras miraba a mis amigos. "Eso acabó con el ánimo alegre de todos."

Fue Tobías quien rompió el silencio.

<Si consiguieras una nave yeerk, ¿podrías volver al mundo andalita?>

Ax parecía deprimido, pero contestó:

<Sí, espero que sí.>

<Y si lo logras, ¿puedes hacer algo para apurar a los tuyos, para que lleguen más rápido hasta aquí?>

<Soy joven. Como ustedes. Pero soy el hermano del príncipe Elfangor. Mi gente me escuchará. Sé... sé que de cualquier manera vendrán. Pero creo que sí, que si vuelvo y puedo contarles lo desesperada que es la situación aquí...>

Jake respiró profundamente y dijo:

—Muy bien. Entonces votemos.

Lancé un gruñido: ya sabía cuál iba a ser el resultado.

# CAPÍTULO 4

—**M**uy bien. ¿Listo? —pregunté.

<Sí. Estoy preparado para comenzar la transformación,> dijo Ax.

Era sábado, dos días después de que nos hubiéramos puesto de acuerdo para capturar una nave yeerk. Estábamos en el granero de Cassie, rodeados de jaulas de animales lastimados. Los padres de Cassie no iban a estar en todo el día.

Jake miró la hora.

—Las diez y diez —informó.

—Ax empezará a transformarse a las diez y doce y terminará a las diez y quince. El autobús estará en la parada a las diez y veinticinco —dije—. Llegará al centro comercial a las once. A esa altura Ax habrá estado unos cuarenta y cinco minutos transformado. Eso nos deja una hora y quince minutos de las dos horas de la metamorfosis.

29

—¿Nos alcanzará el tiempo? —se preguntó Cassie. Se estaba mordiendo el labio nerviosamente.

Me encogí de hombros.

—Treinta minutos para llegar hasta el negocio de electrónicos, encontrar lo que Ax necesita para construir su transmisor, comprarlo y volver con el autobús de las once y media. Así llegaríamos aquí a las doce menos cinco. Nos sobran diez minutos.

Jake me miraba con expresión muy severa, que es la forma que tiene de mirar cuando no sabe si algo va a andar bien.

—Es lo máximo que podemos hacer —dije.

—Ya sé. ¿Todos listos? —preguntó Jake.

—Yo realmente tendría que ir con ustedes —dijo Rachel por novena vez esa mañana—. Tendría que estar ahí.

—No. No podemos ir *todos*. Si algo sale mal, no conviene que nos atrapen a todos juntos —me opuse—. Y es seguro que algo va a andar mal.

<¿Por qué dices eso?,> preguntó Ax, molesto.

Jake sonrió y dijo:

—Marco no cree en el optimismo.

Tobías entró volando en el granero de modo casi inaudible.

<La zona sigue despejada. Y el autobús se acerca con toda puntualidad por la avenida Margulis.>

—Muy bien, Ax. Hora de que te transformes —dijo Jake.

—Y, ehhh… no te olvides de la vestimenta para

la metamorfosis, ¿eh? —le recordé. La idea de la ropa desorientaba un poco al andalita. Le habíamos conseguido unos pantalones cortos de ciclista y una casaca que se podía poner para transformarse, pero él todavía no sabía por qué.

La ropa es uno de los aspectos más molestos de la metamorfosis. Habíamos aprendido a transformar ropas, pero sólo prendas muy ajustadas al cuerpo. Cada vez que intentábamos transformar una chaqueta o un pulóver, terminaban hechos harapos. ¿Y los zapatos? Mejor olvidarse de los zapatos.

<Sí, la ropa,> dijo. <La he integrado a mi transformación humana.>

—Ya es la hora —dijo Jake, señalando su reloj.

Ax comenzó a cambiar.

Yo lo había visto hacerlo una sola vez, poco después de que lo rescatáramos de la nave espacial andalita que había caído a tierra.

He visto muchas mutaciones. He hecho muchas, además. Siempre resulta pavoroso ver cómo un ser humano se transforma en un animal extraño. Pero ver a Ax transformarse era diferente, porque no se transformaba en animal: se transformaba en humano.

Los tallos que sostenían sus ojos se encogieron y desaparecieron dentro de la cabeza. La mortal cola de escorpión se arrugó, se aflojó y se deslizó adentro de su cuerpo como un fideo que alguien sorbe al comer.

Las pezuñas delanteras desaparecieron por completo.

—Epa, cuidado —exclamó Jake, y tuvo que sostener al andalita, que se caía hacia adelante al no tener piernas delanteras donde apoyarse.

<Gracias. Tengo que practicar para poder estar parado en dos piernas.>

Se le abrió una herida en la cara y le crecieron labios y dientes. En el lugar de la cara donde solo había ranuras verticales le creció una nariz. Sus ojos se hicieron más pequeños, más humanos.

Pero lo más raro de todo al ver a Ax transformándose no era que pareciera un ser humano. Era que parecía un ser humano *muy particular*.

En realidad, *cuatro* seres humanos, porque había absorbido ADN de Jake, de Cassie, de Rachel y mío. Gracias a cierto proceso que no lográbamos entender, podía combinar los cuatro patrones genéticos para producir una sola persona.

El resultado final era realmente extraño y perturbador.

Lo miré y vi una parte de mí mismo, y de Jake, pero también de Rachel y Cassie, aunque Ax era varón. Eso era lo más raro. Mirarlo y pensar: "Epa, me resulta conocido. Muy conocido. En realidad, ¡ése es mi pelo!"

—Ax, podrías ser un muchacho realmente atractivo, o si no, una chica poco atractiva —dije.

—Soy andalita. Lita. Ita —dijo.

—Bueno, ponte esta otra ropa —dijo Jake—. Vayamos saliendo. ¿Tobías?

Miró hacia arriba, donde estaba el heno.

<Ya salgo. Voy a verificar si viene el ómnibus,> respondió, y salió volando.

—¿Más ropa? Ro. Ro-páááá. ¿Ropá? —dijo Ax.

—Ax, no hagas eso —dije.

—¿Qué cosa? Co-co-co-sa. Sa-sa.

—Eso de jugar con los sonidos. Di lo que te haga falta y nada más.

Como ya dije, los andalitas no tienen boca ni lenguaje hablado. Aparentemente, Ax creía que las bocas eran una especie de juguete.

—Sí —acordó Ax—. Sssss. Íííííí.

—Y otra cosa. Los zapatos van en los pies, no en los bolsillos.

—Sí. Lo recuerdo. Cuer. Do. —Se sacó las zapatillas de los bolsillos y las miró sin saber qué hacer. Rachel y Cassie se encargaron de un pie cada una, lo calzaron y le ataron los cordones.

—La gente va a pensar que es un anormal —dijo Rachel exasperada.

—Afortunadamente vamos al centro comercial, y es sábado a la mañana. Estará lleno de gente anormal.

—No *tan* anormal —dijo Rachel—. Esto nos podría traer problemas.

—¿No es un poco tarde de tu parte para reconocer que yo tenía razón y que esta idea es una locura? —le pregunté—. Además, no hay por qué preocuparse. Yo estaré allí.

—Genial. Entonces seguro que todo va a ser un desastre.

Tomamos el ómnibus sin ningún problema. Ax hizo ruidos raros con la boca todo el viaje, pero el vehículo iba casi vacío.

Llegamos al centro comercial a horario.

—Hasta aquí, todo bien —dijo Jake mientras entrábamos en el edificio.

Miré a mi alrededor y le pedí:

—Jake, hazme un favor. Nunca digas "Hasta aquí, todo bien", porque cuando alguien dice eso, seguro que un segundo después todo estalla en pedazos ante sus narices.

—Hasta aquí. Hasta aquí. Aquíííííí. Aaaaaquí —dijo Ax, probando los sonidos—. Hasta. Hassssssta aquí to-to-to-todo bien.

—Ay, no —dije.

# CAPÍTULO 5

El centro comercial era un zoológico. Estaba repleto de gente. Viejos que caminaban muy despacio, matrimonios con bebés llorones en sus cochecitos, chicos de la escuela secundaria dándose aires de superioridad. Los guardias de seguridad intentando mostrarse recios. Chicas muy lindas llevando bolsas de las tiendas de moda.

Lo que se espera encontrar un día sábado en un centro comercial cualquiera.

—Bueno, ¿dónde está el local de Radio Shack? —quiso saber Jake.

—No sé —dije.

—¿No está en el segundo piso, cerca de Sear's?

—¿Ésa no es la tienda de Ciudad Circuito?

—A ver, fijémonos en el mapa que está ahí. ¿Ax? Ven con... —Jake se detuvo de repente.

—¿Marco? ¿Dónde está Ax?

Miré en todas las direcciones.

—¡Estaba aquí mismo!

¡Cuerpos por todas partes! Lo único que se veía eran cuerpos. Hombres, mujeres, niños, bebés. Pero ningún extraterrestre. Yo, por lo menos, no venía a ninguno. ¡Habíamos perdido a Ax!

No habían pasado ni dos minutos y ya nos habíamos metido en líos.

Entonces, de improviso, vi una cara extrañamente familiar.

—¡Ahí está! ¡En la escalera mecánica!

—¿Cómo demonios llegó hasta ahí? —preguntó Jake.

Partimos tras él, pero había tanta gente que apenas si podíamos avanzar. Jake comenzó a abrirse paso entre la gente. Lo agarré del brazo.

—No corras, amigo. Los guardias de seguridad van a creer que te robaste algo. Además, no podemos llamar la atención. Los controladores también van de compras.

Jake aminoró el paso enseguida.

—Tienes razón. Con tanta gente, seguro que algunos son controladores.

Seguimos andando lo más rápido posible pero sin llamar la atención. Yo solamente decía "Perdón, perdón" y trataba de no empujar a nadie que pareciera dispuesto a enojarse y pegarme.

Nos pareció que tardábamos una eternidad en alcanzar la escalera. Cuando llegamos, habíamos perdido totalmente de vista a Ax.

—Siempre y cuando no se destransforme, todo está en orden —dijo Jake—. ¿Qué es lo peor que podría hacer?

—Jake, no quiero ni pensar en eso —dije.

—¡Allá está!

—¿Adónde?

—Allá, en el bar Starbucks.

Como no soy tan alto como Jake, me resultaba más difícil ver. Pero cuando nos acercamos a Starbucks, lo detecté. Estaba haciendo pacientemente la cola.

Llegamos justo a tiempo para oírlo decir:

—Para mí también, un café con leche. Leeeche. Che-che-che.

—Debe haber oído a alguien pedir eso —le susurré a Jake.

—¿Con cafeína o descafeinado? —preguntó el empleado.

Ax miró sin comprender.

—¿Cafeína? Caf-caf-caf.

—Uno con noventa y cinco.

Ax se quedó mirando otra vez.

—Cinco. Ciiiin-coooo.

Jake metió la mano en el bolsillo y sacó el dinero que habíamos traído para pagar los componentes que íbamos a comprar.

—Aquí tiene —dijo, separando dos billetes.

Tomé a Ax del brazo y lo llevé al mostrador para retirar las bebidas.

37

—Ax, no vuelvas a escaparte solo, ¿está claro? Casi te perdemos.

—¿Perderme? Estoy aquí. Aaaaa-quíííííí.

—Sí, bueno, pero no te alejes, ¿eh? La culpa fue tuya por decir "Hasta aquí, todo bien".

El empleado de Starbucks le dio a Ax un vaso de papel. Ax lo tomó, miró a su alrededor para ver qué hacían los demás. Igual que ellos, le puso una tapa a su vaso.

Entonces, imitando a los otros, hizo el gesto de beber.

—Ax, ¿qué haces? —le dije—. Debes beber por este agujerito que hay en la tapa.

—¡Un agujero! ¡En la tapa! ¡Sin derramar-mar-mar-ar!

Le parecía lo más fabuloso de su vida. Supongo que la tecnología de los vasos para café no está muy desarrollada en el planeta andalita. Probablemente sea porque no tienen boca, y por lo tanto beber no es una gran preocupación. Pero por la razón que fuera, Ax no dejaba de hacer comentarios sobre el tema.

—¡Tan simple! Imple. ¡Y sin embargo tan efectivo!

—Sí, un verdadero milagro de la tecnología humana —dije.

—He querido probar otros usos de la boca. Beber. Comer. —Después dijo, como si agregara algo: —Cooo-meeeer. Mer.

—Trata de poner el agujerito a la altura de tu boca —dije—. Vamos, ahí está Radio Shack. Ya hemos perdido diez minutos. Entre los dos rodeamos a Ax y lo llevamos en dirección al local.

Entonces bebió el café.

—¡Ahhh! ¡Ohhhh! Oh, oh, oh. ¿Qué es esto? ¿Qué es esto?

—¿Qué cosa? —pregunté alarmado. Giré la cabeza en todas direcciones, buscando algún peligro.

—Una nueva sensación. Es como... no puedo explicarlo. Sale... sale de esta boca —se señaló la boca—. Me sucedió al beber este líquido. Era agradable, muy agradable.

Jake y yo demoramos unos segundos en darnos cuenta de qué estaba hablando.

—¡Ah! ¡El sabor! Lo está saboreando —dijo Jake—. Normalmente no tiene el sentido del gusto.

—Al menos dejó de repetir sonidos —murmuré.

—Sabor —dijo Ax, contradiciéndome—. Saaabooor. Booor.

Se bebió el café y de inmediato lo llevamos a Radio Shack.

—Muy bien, Ax. Tenemos muy poco tiempo. Fíjate si las cosas que necesitas están aquí.

Hay que reconocerle algo a Ax. Podrá parecer un poco raro según los criterios humanos, pero el muchacho sabe bien lo que tiene que saber sobre tecnología. Apenas se acercó a los estantes de la parte de atrás del negocio, empezó a elegir los diferentes componentes que necesitaba.

—Esto debe ser un *gairtmof* primitivo —dijo, inspeccionando un interruptor pequeño—. Y esto puede ser una especie de *fleer*. Muy primitivo, pero va a andar.

En un lapso de diez minutos había acumulado más de diez componentes, desde cable coaxil hasta baterías, pasando por un montón de cosas que yo ni reconocía.

—Bien —dijo por fin—. Lo único que me falta es un transmisor de espacio Z. Transmisor. Miiisoooor.

—¿Un qué?

—Un transmisor de espacio Z. Traduce la señal al espacio cero.

Miré a Jake.

—¿Espacio cero?

Jake me devolvió la mirada y se encogió de hombros.

—Nunca oí hablar de eso.

Ax parecía dudar.

—Espacio cero —repitió—. Ceeeee-ro. Lo opuesto del espacio verdadero. Antirrealidad —nos miró con paciencia, un momento a cada uno—. Espacio cero, la no dimensión en la cual resulta posible viajar más rápido que la luz. Bleee. Posibleeeee-ehhh.

—Ah —dije sarcásticamente—. *Ese* espacio cero, ¿no es cierto, Ax? Lamento ser tan primitivo, pero no tenemos viajes más rápidos que la luz. Y nunca oí hablar del espacio cero.

40

—Ya veo.

—Sí. Ya ves.

—Llevémonos estas cosas y preocupémonos por ese asunto más tarde —dijo Jake con calma. Pero me daba cuenta de que estaba un poco decepcionado. —Voy a pagar todo esto.

Ax terminó lo que le quedaba del café.

—Sabor —dijo—. Me gustaría probar un poco más de sabor. —Inclinó la cabeza. —Huelo las cosas. Creo... creeee-ooooo que hay una conexión entre el gusto y el olfato.

—Sí, tienes razón —le dije—. No podemos viajar más rápido que la luz, pero podemos preparar bizcochos dulces que huelen muy bien.

—Dulce —dijo Ax—. ¿Tengo que llevar esto? —preguntó señalando el recipiente de café vacío.

—No, puedes tirarlo por ahí.

Mala elección de palabras. Ax tiró el recipiente. Lo tiró fuerte. Tanto, que le pegó a uno de los cajeros en la cabeza.

—¡Ay!

—Perdón, fue un accidente —exclamé, corriendo hacia el cajero—. Está... está enfermo. Tiene... ehhh... una enfermedad. Ya sabes, le dan espasmos que no puede controlar.

—Sí, no es su culpa. Le dan como ataques.

El empleado se frotó la cabeza.

—Bueno, está bien. Además ya se fue de aquí, y eso es lo único que me importa.

41

—¿Ya se fue?

Jake y yo nos dimos vuelta de inmediato. Pero Ax no estaba.

Jake tomó la bolsa con los componentes y salió corriendo conmigo entre medio de la marea de gente.

Ax no aparecía por ninguna parte.

Pero entonces miré hacia el piso de abajo. Había un gentío que surgía de todas partes. Todos se movían en la misma dirección. Como si corrieran para ver algo.

—Corren hacia el patio de comidas —dijo Jake.

—Ay, tengo un *muy* mal presentimiento —dije.

Nos precipitamos sobre la escalera mecánica. Bajamos corriendo, apretujándonos entre la gente y pidiendo perdón cada dos segundos.

Llegamos al patio de comidas. Avanzamos deslizándonos en medio de un gentío que se reía y señalaba a alguien.

Y ahí, completamente solo —dado que los cuerdos se habían alejado— estaba Ax.

Corría como un lunático de una mesa a otra, agarrando restos de comida y metiéndoselos en la boca.

Mientras yo lo miraba, tomó una porción de pizza que alguien había dejado por la mitad.

—¡Sabor! —gritó antes de darle un tremendo mordisco. Lanzó el resto de la pizza por el aire y casi le pega al guardia de seguridad que se le acercaba.

Ax no le dio la menor importancia: había encontrado un trozo de torta de chocolate.

—¡Esto era lo que tenía ese olor! —gritó. Se llevó la porción a la boca. —¡Ahhh! ¡Ahhhh! ¡Sabor! ¡Fabuloso! Oso. Oso.

—Vaya si hacen buenas tortas en este lugar —le murmuré a Jake.

—Tenemos que sacarlo de aquí —susurró Jake.

—Demasiado tarde. ¡Mira! Tres guardias más.

Los guardias se lanzaron sobre Ax. Éste decidió entonces que era hora de tirar el resto de la porción y le dio al custodio más cercano en la cara.

—¡Ax! ¡Huye! ¡Huye! —grité.

Supongo que me escuchó, porque se puso a correr.

Lamentablemente, no podía correr muy bien en su forma bípeda humana.

De modo que mientras corría, tropezando y a punto de ser alcanzado por los jadeantes guardias, comenzó a cambiar.

43

# CAPÍTULO 6

—¡Alto! ¡Le ordeno que se detenga! —gritó un custodio.

Pero Ax no tenía interés en detenerse. Estaba despavorido.

Una mujer salió de una tienda de cosméticos llevando una bolsa llena de frascos de colores. Ax dio de lleno contra ella, y la bolsa salió volando.

Los tallos comenzaron a crecerle en la cabeza. De la punta de cada tallo salió un ojo adicional, que Ax dirigió hacia atrás para mirar a sus perseguidores.

Entre ellos estábamos Jake y yo. Íbamos delante de los policías, pero no mucho. Seguramente pensaban —por suerte— que éramos dos chicos que simplemente corrían para no perderse la diversión.

44

Pude oír que uno le gritaba a otro por el walkie-talkie:

—¡Córtenle el paso en la entrada del este!

Desde el pecho de la forma humana de Ax comenzaron a crecer piernas. Eran sus propias piernas delanteras, que al principio eran pequeñas pero crecieron rápidamente.

Perdía velocidad a medida que sus piernas humanas cambiaban de forma. Las rodillas dieron una vuelta completa y le quedaron del lado de atrás de las piernas. La columna vertebral se le estiró cuando comenzó a crecerle la cola.

En ese momento, empezó el griterío.

—¡Ahhh! ¡Aaaahhhhhh!

—¿Qué es eso? ¿Qué *es* eso?

La gente gritaba y corría y dejaba caer sus bolsas al ver la criatura de pesadilla en la que Ax se había transformado. Mitad humano, mitad andalita. Un desorden fluido e inestable de rasgos a medio transformarse.

No critico a la gente porque haya gritado, ya que a mí también me daban ganas.

De repente, Ax cayó hacia delante al enredarse con sus piernas a medio mutar y patinó por el piso de mármol lustrado.

La mayor parte de la gente se había quedado atrás, pero los guardias todavía estaban con nosotros.

—¡Ustedes, chicos, salgan de en medio! Este

45

tipo puede ser peligroso —nos gritó uno de ellos.

Ax se irguió. Estaba mucho más seguro de sí mismo, ahora que estaba parado sobre sus cuatro pezuñas andalitas. La transformación ya estaba casi completa. La boca había desaparecido. Los ojos adicionales estaban en su lugar. Los dos brazos y cuatro piernas habían alcanzado su forma final.

Después, a último momento, apareció la cola.

Fue entonces cuando escuché al guardia más cercano, que asustado e impresionado susurraba:

—¡Andalita!

Rápidamente me di vuelta para mirarlo. Solamente un controlador era capaz de reconocer a un andalita.

El guardia controlador desenfundó su arma.

—¡Huye! —le grité a Ax.

El controlador estaba parado entre Ax y la puerta. Gran error. La cola andalita relampagueó, más rápido de lo que mis ojos podían ver. El arma del guardia voló por el aire. Se tomó la mano, roja de sangre.

Nos abalanzamos hacia la puerta, en veloz huida.

¡Sirenas!

—Esos que vienen ahí son policías de verdad —dije—. ¡No son guardias de seguridad contratados!

<¿Adónde vamos?> preguntó Ax, volviendo al lenguaje telepático.

—¿*Ahora* quiere consejo?

Miré alrededor desesperado. El ómnibus no iba

a servir como opción. Salían guardias a montones por las puertas de vidrio. Las sirenas de los patrulleros se oían cada vez más cerca.

Lo único que podíamos hacer era correr, así que corrimos, dejamos atrás hileras y más hileras de autos estacionados. Dos chicos y un tipo que no pertenecía a este planeta.

—¡El centro comercial! —gritó Jake.

—¿Qué? —dije yo, ya casi sin aliento.

—Metámonos ahí adentro —dijo, y señaló un centro comercial que había del otro lado de la playa de estacionamiento. Era el único lugar donde podíamos ir.

Los autos de la policía hicieron chirriar los frenos alrededor de nosotros.

—¡No se muevan!

—A que no —dije.

Nos abalanzamos a través de la gran puerta de vidrio, corriendo despavoridos. Ya casi esperaba oír disparos y balas zumbándome alrededor.

—¡Jake! —grité—. Ayúdame con esto.

Se me había ocurrido una idea para retrasar a nuestros perseguidores. Tomé una hilera de carritos del centro comercial y la empujé hasta la puerta. Jake me ayudó a empujar.

Después seguimos corriendo, mientras Ax se deslizaba por el piso resbaladizo de mármol recién lustrado, rozaba los cajones de verduras y tras su paso caían montones de latas.

Los clientes gritaban y chocaban sus carritos entre sí.

—¡Es un monstruo! ¡Mamá, es un monstruo! —gritó un niño.

—Un monstruo de mentira —dijo la madre.

Sí. Un monstruo de mentira. Correcto.

Entonces vi la salida, al final del pasillo. Pero necesitaba tiempo. Tenía que sacar a todo el mundo de en medio. No podía haber testigos.

—¡Hay una bomba! —grité con todas mis fuerzas—. ¡Una bomba!

—¿Qué? —dijo Jake.

—¡Hay una bomba! ¡Una bomba en el negocio! ¡Salgan de aquí! ¡Todos afuera! ¡Una bomba!

—¿Qué haces? —me preguntó Jake a los gritos.

—La policía tiene el lugar rodeado. Hay una sola salida —dije, y señalé un tanque de langostas que había al final de las góndolas, en la sección de productos de mar.

—Oh, no —gruñó Jake.

—Oh, sí —dije yo sonriendo.

Los clientes corrían aterrorizados, ya fuera por la supuesta bomba o por Ax. Pero los canastos que había cerca de la puerta, y la gente que pugnaba por salir, detuvieron a los policías durante unos instantes preciosos.

Yo tenía la corazonada de que los policías controladores iban a tratar de que ningún policía verdadero llegara hasta nosotros. Nos querían para ellos solos, sin testigos humanos.

—Vamos a nadar —dije.

Era un tanque grande, por suerte. Me tomé del borde y trepé hasta meterme adentro. Jake venía detrás de mí. Agarramos cada uno una langosta y le arrojamos otra a Ax.

No era fácil adquirir los rasgos de la langosta. Hacía falta concentración. Y yo solo podía pensar que había un montón de policías afuera del negocio, probablemente preparándose para irrumpir en el centro comercial. Y todos tendrían armas.

La langosta se quedó quieta y pasiva, tal como suelen hacer los animales cuando uno los "adquiere".

La tiré de vuelta al agua. Nos sacamos la ropa y los zapatos y metimos todo en un tarro de basura, junto con la bolsa de Radio Shack.

Ax ya había empezado a transformarse. Jake y yo esperamos hasta que disminuyera de tamaño y luego lo alzamos y lo metimos en el tanque con nosotros.

Ya estaba duro, como una armadura, y sus brazos habían empezado a dividirse y dilatarse.

Luego comencé yo.

He tenido miedo muchas veces desde que somos animorphs. Pero todavía no me he acostumbrado. Y estaba tan asustado que los huesos me temblaban, créanme.

En cualquier momento iban a entrar.

En cualquier instante nos iban a sorprender en plena metamorfosis.

Miré a Jake. Sus ojos habían desaparecido, y en su lugar había dos perdigones, pequeños y negros.

—¡Ahhh!

Frente a mis ojos, ocho patas azules y como de insecto le brotaron del pecho.

—¡Ahhh! —grité impresionado.

La cara de Jake pareció abrirse y dividirse en una maraña de membranas. Creo que hubiera vomitado al ver eso, de no haber sido porque ya no tenía boca.

En ese mismo momento sentí que de mi frente salían unas antenas largas como lanzas.

Me estaba encogiendo al transformarme, cayendo, cayendo, cayendo en el agua que antes me llegaba a los muslos y ahora me rodeaba el cuello.

Tenía la terrorífica sensación de saber que todos los huesos de mi cuerpo se estaban disolviendo, al tiempo que me cubría una coraza dura como una uña.

Mi cuerpo humano se estaba derritiendo.

Mi visión humana se desvanecía. Ya no podía ver lo que ve un humano.

Lo cual era bueno, porque en realidad no quería ver en qué me estaba transformando.

# CAPÍTULO 7

**C**reo que podría haberme puesto a llorar sin parar. Pero ya no tenía boca, garganta ni cuerdas vocales que pudieran emitir sonido.

Tenía cuatro pares de patas y dos pinzas enormes. Las podía ver, si se puede decir. Eran una imagen fracturada en mis ojos de langosta. No podía ver gran cosa del resto de mi cuerpo, pero sí distinguía otras langostas más en el agua.

Estaba muy asustado.

*Come.*

*Come.*

*Mata y come.*

El cerebro de la langosta había surgido de golpe, burbujeando dentro de mi propia conciencia humana. Tenía dos pensamientos.

*Come.*

51

*Come.*

*Mata y come.*

Estaba recibiendo sensaciones que no podía ni empezar a entender. Mis antenas, extraordinariamente largas, sentían la temperatura del agua, la corriente y la vibración. Pero yo no sabía lo que significaban esas cosas.

Al principio mis ojos eran casi inútiles. Me mostraban imágenes fracturadas e increíbles, sin ninguno de los colores que me eran conocidos.

Podía ver mis pinzas estiradas hacia adelante. También mis antenas. Y si miraba atrás, veía una superficie curva, color azul amarronado, con bultos y protuberancias.

¡Mi cuerpo! Me di cuenta con asco de que esa era mi espalda, mi dura coraza.

No podía mirar para abajo y ver mi panza, ni ver las numerosas patitas minúsculas que correteaban bajo mi cola. No podía ver mis ocho patas de araña, pero podía sentir cómo me propulsaban de golpe, raspando la superficie de vidrio del tanque.

<¿Jake?> llamé.

<Sí, estoy aquí,> dijo. Parecía temblar. Eso estaba bien, porque yo estaba a punto de ponerme a llorar. Si las langostas pudieran llorar.

<¿Estás bien?>

<Sí, pero ésta no es mi metamorfosis predilecta.>

<No,> coincidí. Era bueno poder hablarle. De

52

otro modo hubiera creído que me estaba volviendo loco.

<¿Ax?> llamó Jake.

<Siento... que tengo hambre. Este animal quiere comer,> respondió Jake.

<Bueno, eso es bastante normal en las transformaciones,> dije. <La mayoría de los animales se preocupan por la comida y casi por nada más. No creo que las langostas sean en absoluto genios.>

<Quiere encontrar una presa,> dijo Ax, intrigado.

<Ya sé. ¿Quién hubiera dicho que las langostas eran depredadores?> dije.

<Es más fácil aceptar el cerebro de un depredador que el de una presa. El miedo de una presa puede ser avasallante,> dijo Jake.

Vi una langosta a mi lado.

<¿Eres tú, Jake? Mueve tu pinza izquierda.>

La pinza izquierda no se movió. Me di cuenta de que esta langosta tenía una banda de goma elástica alrededor de la pinza. Nosotros no teníamos bandas elásticas. Las bandas elásticas no son parte del ADN de las langostas.

Vi una langosta a mi izquierda, sin banda de goma. Y otra al lado, con lo cual ya éramos tres. Había unas seis langostas con bandas de goma flotando o sencillamente quietas, en el fondo.

<Hablando de miedo,> dije. <¿Alguien puede ver fuera del tanque?>

<Sólo sombras,> dijo Jake. <Estos ojos son pésimos.>

<Sí, incluso peores que los de humanos,> comentó Ax.

<Me parece terrorífico. Jamás antes había tenido un dermatoesqueleto,> dije.

<Pero estas pinzas son excelentes,> dijo Ax.

Vi cómo las abría y las cerraba.

<¿Ax? ¿Dices que puedes registrar el paso del tiempo con precisión? Comienza a contar cuánto tiempo pasa,> dijo Jake.

<Sí, príncipe Jake. Hasta ahora, han pasado diez de los minutos de ustedes,> dijo Ax.

<¿Tanto?> pregunté sorprendido. <La policía ya tiene que haber entrado.>

<Estaba pensando en lo mismo,> dijo Jake.

<Mejor esperemos lo más posible, hasta que pasen casi las dos horas,> dije. <Aunque en realidad no quiero estar ni un minuto más de lo necesario en esta transformación espantosa.>

Según Ax, ya había pasado una hora cuando ocurrió.

Percibí una agitación en el agua. Algo grande se había zambullido. Sentí que había algo encima de mí.

Antes de que pudiera pensar o reaccionar, sentí algo que me apretaba el caparazón.

Me di cuenta de que me levantaban y ascendía rápidamente por el agua.

<¡Jake! ¡Algo me agarró!>

¡Pánico inesperado!

Estaba afuera del agua.

Sequedad. Calor. Mis antenas se agitaban sin control mientras yo trataba de entender. Mi ojos sólo registraban la luz intensa y unas sombras enormes e indistintas.

Algo grande me cerró la pinza derecha con violencia, y no la pude abrir. Después la derecha. ¡Bandas de goma! Imposible verlas, en ese medio ambiente sin agua. Estaba casi ciego. Pero sabía lo que había sucedido.

Alguien me había recogido y me había atado las pinzas con elásticos.

Después sentí que caía y me deslizaba hacia abajo rozando unos objetos que me parecieron otras langostas.

<¿Jake? ¿A ti también te ha pasado esto?>

<Sí, pero no me preguntes lo que significa. No puedo ver ni oír muy bien.>

<¿Son ellos? ¿Son los controladores?>

Algo muy frío cayó sobre mí y se deslizó por mi cuerpo.

¿Hielo?

Durante un rato tuve la sensación de que oscilaba hacia atrás y adelante, como si estuviera en una hamaca.

<¿Ax?>

<Sí, Marco. Estoy aquí. ¿Qué está pasando?>

<Ni idea. Quizá nos agarraron los policías. Quizá los controladores. No sé,> dije.

<Quedémonos transformados lo máximo que podamos,> dijo Jake. <Tal vez podamos darnos cuenta de lo que pasa. Pero si los que nos tienen son los controladores, lo último que nos conviene hacer es transformarnos.>

El hielo me estaba dando sueño. O tal vez no me daba exactamente sueño, sino que me volvía más lento, embotado.

Supongo que perdí la conciencia durante un rato. No sé cuánto tiempo pasó, hasta que de golpe volví a despertarme y oí en mi cabeza la voz somnolienta de Ax que me decía:

<Nos quedan apenas siete minutos.>

Eso me azuzó. No iba a pasar el resto de mi vida dentro de un cuerpo de langosta.

<Bueno, voy a *salir* de esta transformación, y no me importa quién me vea,> grité.

<De acuerdo,> dijo Jake. <Se acabó el tiempo. Tenemos que correr el riesgo.>

<Al menos ahora hace más calor,> dije. Traté de mirar a mi alrededor, pero mis antenas no sentían nada en el aire. Y mis ojos sólo veían formas grises, borrosas e incomprensibles.

Me concentré en la metamorfosis. Me pregunté si podría cerrar mis ojos humanos cuando Jake comenzara a reaparecer. No tenía ningunas ganas de ver a Jake y a Ax transformarse. Una vez había sido suficiente. Tendría pesadillas durante un mes.

<Aquí va,> dije, y comencé el cambio.

Pero justo en ese instante volví a sentir algo que me apretaba el caparazón. Mis pinzas se liberaron. Alguien o algo me había quitado las bandas de goma. Y de repente, un calor intenso que me envolvía.

Vapor.

<Ay, no.>

## CAPÍTULO 8

<¡⬛oooooooo!> grité en silencio.

¡Sabía dónde estaba! En la mano de alguien, a punto de ser arrojado dentro de una olla de agua hirviendo.

<¡Nooooooooo!>

Y quizá fue porque estaba tan desesperado por gritar, o por una feliz casualidad de la metamorfosis, pero lo cierto es que mi boca humana fue una de las primeras cosas en aparecer.

En lugar de mi boca de langosta aparecieron unos labios pequeños y abiertos. Todavía no tenía cuerdas vocales ni pulmones, así que no podía emitir sonido alguno.

Pero supongo que no me hacía falta.

Me imagino que ver cómo le salían labios a una langosta fue suficiente para que la mujer me soltara.

Caí. Mis pinzas delanteras se agarraron del borde de la olla. Pura suerte de principiante. Me aferré al borde mientras mi cola se retorcía a unos centímetros del agua en ebullición.

Estaba aumentando de tamaño rápidamente y ya me había transformado en una criatura del tamaño de un bebé, una mitad cubierta de membrana dura, la otra de carne. Me crecieron ojos humanos en lugar de los inútiles ojos de langosta. Las antenas fueron absorbidas por mi frente. Oí un crujido cuando volvió a aparecer mi columna vertebral.

Con un brote desesperado de energía logré caer del lado de afuera de la olla. Aterricé de espaldas, sobre la hornalla. Al mirar hacia arriba vi un purificador de aire.

Rodé hasta escapar del calor y caí al piso. Pero no fue una caída muy grave, porque ya tenía el tamaño de un niño de dos años, más humano que langosta. Pero era un niño espantoso, con ocho piernas que me salían del estómago y del pecho.

Mi oído humano volvió como un impacto.

—¡Ahhhhhhhh! ¡Ahhhhhhhhh! ¡Ahhhhhhhhhh! ¡Ahhhhhhhhhh!

Alguien gritaba sin control.

¡Recuperé las piernas! Me paré. Miré a mi alrededor y vi a una mujer. Parecía bastante linda, salvo por el hecho de que tenía los ojos desorbitados por el terror y gritaba como loca.

—¡Ahhhhhhh! ¡Ahhhhhh! ¡Ahhhhhhhhhhh!

Miré un poco más allá y vi la bolsa de plástico llena de hielo.

Así era como nos habían traído del centro comercial. Ahora estábamos en la cocina de su casa. Jake ya era casi totalmente humano y estaba parado con un pie todavía en la bolsa de las compras. Las ocho piernas fueron absorbidas por su pecho. Aparecieron sus ojos humanos.

Ax era una combinación verdaderamente asquerosa de andalita y langosta. Pero mientras yo observaba, eliminó sus últimos rasgos de crustáceo.

Lamentablemente, esto no ayudó a la mujer a sentirse mejor.

—¡Ahhhh! ¡Ahhhhhhhhhh! ¡Ahhhhhhhhhhhhhh!

—Todo está bien, señora. No vamos a hacerle daño —dije.

—Cálmese, señora —intervino Jake—. Cálmese, por favor.

Sus ojos saltaban alocadamente de Jake a mí y de mí a Ax. Seguía chillando.

—¡Ahhhhhhh! ¡Ahhhhhhhhhh! ¡Ahhhhhhh!

—Señora, entienda, no pasa nada —dije—. Nos vamos a ir. Nadie va a hacerle daño.

—Ustedes… ustedes… ustedes… ¡langostas! —logró decir.

—Sí, es un poco fuera de lo común, lo reconozco —dije—, pero está todo bien. Es sólo un sueño.

—¿Un… un… un sueño?

—Sí, señora. Un sueño, nada más —dijo Jake con tono convincente.

Miré a Ax.

—¿Ya te puedes transformar en humano? Tenemos que salir de aquí.

—Puedo transformarme otra vez —me aseguró.

Comenzó de inmediato.

—Ahora nos vamos a ir —dijo Jake—. Usted se puede despertar más tarde, ¿de acuerdo? Pero yo esto no se lo contaría a nadie.

La mujer sacudió violentamente la cabeza.

—Usted sabe, podría traerle problemas con... con cierta clase de gente. Además todos pensarían que se volvió loca.

Asintió con convicción absoluta.

Ax ya casi era humano. Teníamos puestas nuestras vestimentas (especiales para la metamorfosis) ligeramente ridículas, pero no teníamos otras.

Nos acercamos a la puerta. Entonces vi tres langostas más que todavía estaban en la bolsa de hielo. Supongo que iba a ser una cena para seis.

—Señora —pedí—. Háganos un favor, si no es mucha molestia. Lleve a esos muchachos a la playa y suéltelos, ¿de acuerdo?

61

# CAPÍTULO 9

Jake y yo estábamos jugando a los videojuegos en el centro comercial. Yo le ganaba con toda facilidad. Él se había distraído porque se ocupaba de comer.

Comía un gran insecto rojo con unas pinzas enormes.

Le dije que no lo comiera, que le haría mal al estómago, pero no me hizo caso.

Entonces, de repente, le explotó el estómago. Estalló hacia afuera así no más, y las entrañas volaron por todas partes. Aparecieron ocho enormes patas de araña, como si algo adentro de él intentara salir arrastrándose.

Intenté huir, pero el vapor subía. ¡Me estaba quemando!

Traté de huir, pero en lugar de piernas tenía una cola que saltaba y pateaba.

Grité.

Y grité.

—¡Marco, Marco, despierta!

Mis ojos se abrieron de golpe. Oscuridad. Alguien abrazándome. Estaba confundido.

—¿Mamá? —pregunté.

Silencio. Un poco después:

—No.

Mi cerebro volvió a la realidad. Me hallaba en mi cuarto, en mi propia cama. Mi papá estaba sentado en la cama, junto a mí. Se lo veía preocupado y triste.

—Soy yo —dijo, y me soltó.

Me sentía bañado en sudor. Sudor frío.

—Tuviste una pesadilla —dijo.

—Sí —reconocí, tembloroso—. Lamento haberte despertado.

—No dormía —me dijo.

Miré mi reloj. Los números rojos indicaban las 03:18. No necesitaba preguntar por qué mi papá estaba despierto. A menudo se quedaba sentado hasta muy tarde. A veces miraba la televisión. A veces sólo miraba el techo.

Estaba así desde que murió mamá.

Mi papá tiene un aspecto muy diferente del mío. Para empezar, es bastante alto. También es de piel más clara que yo, y tiene ojos castaños. Mi ma-

63

má era de sangre hispana, de ojos y pelo muy oscuros. Todos dicen que me parezco a ella. Sé que es cierto, porque a veces, cuando papá piensa en ella, me mira como si yo no estuviera ahí. Como si yo fuera un retrato de otra persona.

—Ya estoy bien —dije—. Deberías tratar de dormir un poco.

—Sí —dijo asintiendo—. Lo haré. Una cosa, Marco. ¿No estabas soñando con *ella*, verdad?

—No, papá. ¿Por qué?

—Porque lo último que dijiste cuando te desperté fue "mamá".

—Supongo que estaba aturdido.

—¿Y a veces? ¿No sueñas a veces con ella?

—A veces —admití—. Pero no son pesadillas.

Casi sonrió.

—No, supongo que no deben de ser pesadillas, claro.

Tomó el portarretratos con la foto de mamá que tengo en la mesa de luz, y volvió a poner esa mirada de dolor profundo que pone todos los días, desde hace dos años.

Una parte de mí se enoja cuando lo veo así. Otra parte de mí solo desea decirle: "Papá, acéptalo. Déjala irse. Está muerta. No quiere que nos pasemos el resto de la vida llorándola".

Pero nunca se lo digo.

Pasados unos minutos, se paró. Hizo algún comentario final sobre que no tenía que asustarme del hombre de la bolsa y se fue. Sabía que iba a sentarse solo en el living, hasta quedarse dormido en el sillón.

Permanecí acostado en la oscuridad e intenté sacarme el sueño de la cabeza. Pero es difícil olvidar una pesadilla que es real.

<Listo. Terminé.> Ax nos mostró, para todos pudiéramos verlo, un pequeño ensamble de componentes electrónicos. Parecía algo así como un control remoto reventado, pero más chico.

Era al día siguiente. Estábamos en el bosque, agrupados bajo un roble viejo y enorme. Era una especie de picnic, un poco extraño. Jake y Cassie habían llevado herramientas de mano para Ax: destornilladores, soldadora, taladro de pilas, martillo, llaves inglesas, tenazas y, por supuesto, los componentes electrónicos que habíamos conseguido antes del incidente de las langostas.

Rachel había llevado unos sándwiches. Yo había llevado seis Pepsis.

Era un hermoso día, cálido y luminoso. Me hacía falta un día así de lindo. Necesitaba luz solar. Había pasado una noche muy mala y había dormido muy mal.

—¿Y, Ax? —pregunté—. ¿Qué es eso?

<Es una señal de alarma que puede transmitir en las frecuencias de los yeerks,> dijo con satisfacción. <Conozco esta frecuencia yeerk. Ya la hemos

usado para engañarlos en otras ocasiones enviándoles falsas instrucciones.>

—Lo único que necesita es un transmisor de espacio Z —dijo Jake cansado, dirigiendo sus ojos hacia mí.

Quizá Jake también había quedado un poco alterado luego del incidente de las langostas. Se lo veía molesto y un poco distraído. No se parecía nada al Jake de siempre.

—Y dado que no tenemos un transmisor de espacio Z, es prácticamente inútil, ¿no? —preguntó Rachel.

<Sí, totalmente inútil sin el transmisor.>

Rachel extendió los brazos y preguntó:

—¿Y entonces qué es exactamente lo que estamos haciendo?

Jake se encogió de hombros. Cassie se paró a su lado y le dio un pequeño abrazo medio de costado. La intención era que nadie se diera cuenta, pero lo cierto es que de inmediato la dura mirada de Jake se suavizó un poco.

Sin embargo, eso no me ayudaba a superar *mi* malhumor.

—Bueno, supongo que dentro de dos siglos la humanidad descubrirá el espacio Z y fabricará los transmisores, sean lo que sean. Mientras tanto, me voy a comer un sándwich —dije.

Tobías bajó planeando entre las ramas y las hojas de los árboles casi sin hacer ruido. Aterrizó en una rama baja del roble.

<No hay nadie por aquí cerca,> informó. <Parece un sitio seguro. Al menos en lo que a ustedes les concierne. Pero hay un águila unos cien metros al sur. Creo que me voy a quedar un rato escondido hasta que se aleje.>

No por primera vez, tomé conciencia de lo difícil que es la vida de Tobías. Comparte los mismos peligros que todos nosotros, pero además tiene que enfrentar los riesgos que entraña ser un halcón de cola roja. Las águilas a veces cazan a los halcones. Son más grandes y más rápidas que él.

<¿Y? ¿Qué hay?> preguntó Tobías.

—Tenemos una señal de alarma totalmente inútil —dijo Rachel—. Necesitamos un transmisor que probablemente no se invente en este planeta hasta dentro de dos siglos.

<¿Y por qué no Chapman?> dijo Tobías.

—¿Por qué no Chapman? —pregunté. Chapman es el vicedirector de nuestra escuela. También es uno de los controladores más importantes.

Yo odiaba a Chapman. Lo odiaba desde que me enteré de que era controlador y todo lo demás. Pero después alguien nos dijo que entregó su libertad a los yeerks como parte de un trato para mantener con vida a su hija Melissa.

Es difícil odiar a alguien que trata de proteger a su hija. Incluso si termina siendo un enemigo mortal. Ése es uno de los aspectos más terribles de tener que luchar contra los yeerks. El auténtico enemigo es sólo la babosa malvada en el cerebro de la persona. El huésped a menudo es totalmente inocente.

<Sabemos que Chapman se comunica con Visser Tres,> dijo Tobías. <Habla con Visser Tres cuando está en la nave nodriza yeerk o cuando está en la nave-espada, dondequiera que Visser Tres se encuentre. ¿Eso no significa que la radio secreta de Chapman tiene uno de estos transmisores de espacio Z?>

<¡Sí!> dijo Ax al instante. <Si ese controlador habla con cualquier nave yeerk, seguro que tiene un transmisor de espacio Z. Las naves yeerk están todas camufladas. La tecnología del camuflaje requiere una deflección del espacio Z.>

Jake me lanzó una mirada y dijo:

—Es más o menos lo que me imaginaba.

Sonreí, aunque tenía un mal presentimiento respecto de adónde nos llevaba esta conversación.

—¿Cómo es de grande esa cosita de espacio Z? —preguntó Cassie.

Ax acercó dos de sus dedos, indicando algo del tamaño de una arveja.

<Tendría que haber varias unidades de más en cualquier transmisor. Podríamos llevarnos una sin que nadie se diera cuenta, al menos no de inmediato.>

Rachel se paró.

—No vamos a ir de nuevo a casa de Chapman

—dijo con firmeza—. La última vez estuvimos a punto de que transformaran a Melissa en una controladora. No podemos transformarnos en su gato otra vez. Chapman ya está en guardia. Esta vez no va a ser fácil.

Se dio cuenta de lo que había dicho y agregó:

—Y no es que la primera vez haya sido fácil exactamente.

—Primer caso para que registre la historia: Rachel le dijo "no" a una misión —observé.

—Rachel tiene razón —dijo Jake—. No vamos a hacer *nada* que pueda poner a Melissa en peligro, así que lo del gato queda descartado. También cualquier otro plan con alto riesgo de que Chapman nos descubra.

Durante un rato nadie dijo nada.

Por último, Ax habló silenciosamente en nuestras cabezas.

<No puedo pedirle a nadie que corra riesgos por mí. Me rescataron del fondo del océano. Me protegieron. Y mi estupidez de ayer casi provoca la muerte del príncipe Jake y de Marco.>

Lo que dijo me sorprendió un poco. Creo que esperaba que discutiera un rato para convencernos de que lo ayudáramos.

—¿Qué tal si…? —empezó Cassie.

Todos la miramos.

—¿Sí? —dijo Jake.

—¿No creen que hay una manera de llegar al

sótano de Chapman, el lugar secreto donde guarda el transmisor, sin tener que pasar por la casa, sin el riesgo de que nos apresen?

Sentí que el corazón me daba un vuelco.

—Siempre que no tenga nada que ver con animales con dermatoesqueleto —dije a modo de broma. Pero Cassie me miraba con aire serio. —¿Qué? —le pregunté—. ¿Quieres que nos transformemos otra vez en langostas? ¿Cómo puede una langosta...?

—No —dijo—. Piensa en algo más pequeño. Mucho más pequeño. Mucho, mucho más pequeño.

# CAPÍTULO 10

**H**ormigas. Ésa era la brillante idea de Cassie. Hormigas. Es que las hormigas podían llegar al sótano de Chapman, y también transportar el pequeño transmisor.

Hormigas.

A eso había llegado mi vida. Terminamos dedicando un par de horas a debatir si tendríamos que ser hormigas negras o rojas. Finalmente me retiré asqueado. No quería ser una hormiga, ni negra ni roja ni de ningún otro color.

Al día siguiente vi a Jake en la escuela. Me acababa de ir mal en una prueba sorpresa en la clase de historia, y no estaba con el mejor de los ánimos.

Estaba abriendo mi casillero y refunfuñando acerca de la guerra mejicano-norteamericana, ya que no entendía cómo alguien se podía acordar de

71

la diferencia entre esa guerra y la guerra de independencia de Texas.

—Hola —dijo Jake—. El color tiene que ser el negro. Resulta que la mayoría de las hormigas que rodean la casa de Chapman son negras. Tobías lo verificó.

Miré por encima del hombro de Jake para asegurarme de que nadie nos estuviera oyendo.

—Jake, no quiero ser un insecto. He sido gorila, águila pescadora, delfín, cigüeña, trucha, langosta como si fuera poco... y probablemente me esté olvidando de alguno. Ser gorila fue divertido. Ser delfín también. Ser águila pescadora también. ¿Hormiga? No es divertido. Ser insecto es desagradable.

Jake se encogió de hombros.

—Yo fui pulga. No era gran cosa. —Sonrió como si fuera el chiste más divertido del mundo. —En serio, era como no ser nada. No podía ver nada. Apenas podía oír, sólo algunas vibraciones. Lo único que sabía era que me gustaban los cuerpos calientes. Si tenía hambre, abría un agujero en alguna piel caliente.

—Y chupabas sangre.

Se puso un poco incómodo.

—Bueno, era la sangre de Rachel. Más o menos. O sea, está bien, era sangre de gato, pero Rachel se había transformado en ese gato.

—Jake, ¿alguna vez te escuchas a ti mismo?

—Trato de no pensar en esto —admitió—. Pero es

72

que queremos darle a Ax la oportunidad de volver a su casa. Y si se queda aquí nosotros, corremos peligro. Tenemos a este gran anda... —Miró a su alrededor para ver si alguien lo oía, y bajó la voz. —Tenemos a este gran andalita dando vueltas por la granja de Cassie. ¿Qué pasaría si alguien lo ve? Cualquier controlador se daría cuenta de lo que es. Y se preguntaría qué está haciendo en la propiedad de Cassie.

Asentí.

—Sí, tienes razón. Pero el otro día casi me muero. Por poco me hierven vivo. Sé que tienes pasta de héroe, Jake, pero yo no.

Saqué mi libro del casillero, cerré la puerta y me alejé por el pasillo. Jake caminaba a mi ritmo.

—¿Sabes qué es el próximo domingo? —le dije de improviso. No tenía planeado decirle nada.

—¿El domingo? No sé, ¿qué es?

—Se cumplen dos años. Dos años desde que murió mamá. Y no sé qué hacer. No sé si debería hablarle a papá del tema o dejarlo pasar. Pero una cosa sí sé: que sería una mala semana para aparecer muerto.

Seguí caminando. No me acompañó.

Dos años.

Mi madre se había llevado el barco del amarradero. Salió a navegar con un mar agitado. Nadie supo por qué. Jamás lo había hecho. Siempre salíamos juntos los tres.

Esa noche, cuando amainaron los fuertes vientos,

73

encontraron el barco encallado en las rocas. El casco estaba hecho pedazos. No se hallaron rastros de mi madre, salvo una soga de seguridad desgarrada.

Nunca encontraron el cuerpo. Los guardacostas dijeron que eso no era raro. El océano es un lugar muy grande.

*También el espacio*, dijo una voz en mi cabeza.

*En algún lugar, muy pero muy lejos, una madre y un padre se preguntaron qué había pasado con sus hijos.*

Durante mucho tiempo inventé historias de que mamá había sobrevivido, tal vez en una isla desierta o algo así. Pero soy una persona realista. Pasado un tiempo lo acepté.

Y después de un tiempo los padres de Ax aceptarían que él y su hermano, el príncipe Elfangor, no volverían. Que se habían perdido para siempre en el espacio.

Muertos en la lucha para proteger a la Tierra. Para ayudar a la raza humana.

Para ayudarme a mí.

Divisé a Cassie unos metros más adelante, caminando con unas amigas. Sonrió vagamente al verme. Habíamos convenido no prestarnos mucha atención en la escuela, para que a nadie se le ocurriera que Jake, Cassie, Rachel y yo estábamos mucho tiempo juntos. Cuando pasé a su lado, le murmuré:

—Dile a Jake que acepto hacerlo.

A veces aborrezco tener tan desarrollado el sentido del deber.

# CAPÍTULO 11

—¿A dónde se habrán mudado, me pregunto? —dijo Cassie.

—Quizá no les gustaba vivir al lado de un controlador que forma parte de una conspiración para dominar el mundo —dije—. O a lo mejor es que no les gustan los vicedirectores de escuela, nada más. Podría entender eso.

Nos encontrábamos en el patio trasero de la casa contigua a la de Chapman, que estaba vacía. En la parte de adelante tenía un cartel que decía "Se vende". Daba ganas de saber por qué esa gente había decidido mudarse. Y no era que Chapman actuara de modo extraño. Ése es el gran problema con los controladores: no se puede saber quién es uno de ellos y quién no.

—De todos modos nos conviene —dijo Jake.

75

Era de noche. Había una luna llena muy luminosa, de modo que nos habíamos escondido detrás de un árbol. Vi un cerco de madera bastante alto que separaba la casa de Chapman de donde estábamos nosotros. Ax estaba volviendo a transformarse de humano en andalita.

Ya habíamos "adquirido" hormigas hacía un rato, en el establo de Cassie. Todos hablaban demasiado, como suele suceder cuando se está nervioso. Cassie temblaba como si hiciera frío, sólo que afuera hacía como treinta grados.

—¿Tobías? —pregunté. Estaba en un árbol, apoyado en una rama baja, unos centímetros más arriba de mi cabeza. —¿Hasta qué punto puedes ver bien?

<Creo que podré verte siempre y cuando te mantengas por encima del suelo. La luz de la Luna ayuda. Pero de noche mi vista no es ni remotamente tan aguda como durante el día. Mis ojos no ven mucho mejor que los de ustedes en la oscuridad.>

—Genial —dije.

Jake echó un vistazo a su reloj.

—Es la hora. Sabemos que Chapman estará en una reunión de "La Alianza" que está por comenzar.

La Alianza es una organización que sirve como fachada a los controladores para reunirse sin que nadie sospeche nada. Una especie de grupo parecido al de los boy scouts. En realidad es un modo que tienen los controladores de reclutar huéspedes voluntarios.

Sí: créanlo o no, algunas personas *eligen* aceptar la dominación yeerk.

No necesitábamos preguntarle a Jake acerca de las reuniones de La Alianza. El hermano de Jake, Tom, es uno de ellos. Un controlador muy comprometido con la organización.

—¿Listo, Ax? —preguntó Jake. El andalita tenía que recuperar por completo su forma antes de poder transformarse en otro ser. Una vez Cassie había intentado transformarse directamente de un animal a otro. Nada sucedió. Y Cassie es la que hace mejor las metamorfosis.

<Estoy listo,> dijo Ax.

—¿Todos listos? —preguntó Jake.

—Sí —dijo Rachel.

Hasta ella parecía tensa. Me daba la sensación de que algo andaba mal en todo ese asunto. O quizá me estaba volviendo paranoico.

—Bueno —dijo Jake—. Apenas estemos todos transformados, cruzamos por el pasto, caminamos a lo largo del muro hasta encontrar alguna grieta y vamos bajo tierra hasta el subsuelo.

—Sí. Cosa de nada —dije.

Me concentré en la hormiga que había obtenido momentos antes. No había mucho en qué pensar, en realidad. Cuando tomé la hormiga con la mano, no era más que un puntito. Se podía ver que tenía piernas y un cuerpo dividido en secciones, pero nada más que eso.

La transformación empezó rápidamente.

—¡Uuuufff!

¡Me caía! ¡Me caía!

Ésa fue la primera sensación. Disminuía rápidamente de tamaño. El piso se abalanzaba sobre mí. Era como una de esas pesadillas en las que uno cae y cae, y no llega nunca al piso.

Todavía medía unos treinta centímetros de alto cuando mi piel se empezó a poner quebradiza, como si la acabaran de quemar. Luego se puso dura, más dura que las uñas y de un negro brillante.

Miré a Cassie y estuve a punto de gritar.

Su metamorfosis estaba más avanzada que la mía. Medía apenas treinta centímetros y estaba cubierta de una dura coraza negra por todas partes. Una piel resplandeciente, ondulada y parecida al plástico.

Las piernas se le estaban arrugando rápidamente. Los brazos también, aunque se le habían alargado hasta tener la longitud de sus piernas.

El tercer par de piernas le estaba creciendo del pecho.

Y la cara...

La cara ya no era humana. Su cabeza tenía la forma de una gotita. De la boca le salían unas mandíbulas enormes, filosas y curvas, de aspecto asesino.

Los ojos se le habían puesto chatos y muertos.

Sólo puntos negros. Las antenas le brotaron de la frente. Parecían otro par de piernas más. La cintura le quedó comprimida y tiesa. La parte inferior del cuerpo se le hinchó hasta parecerse a una sandía. Yo no quería mirar, porque sabía que todos esos cambios me estaban sucediendo a mí. Lo sabía. No quería pensar en eso. Sólo quería que se terminara. Quería que los cambios se acabaran de una buena vez.

De golpe, unas lanzas ásperas y enormes surgieron del piso, a mi alrededor.

¡Pasto! Estaba disminuyendo hasta alcanzar el verdadero tamaño de un insecto. Las varas ásperas y filosas que iban creciendo en derredor eran sólo briznas de pasto. No estaban creciendo. Yo me encogía.

Una de ellas explotó directamente bajo mi cuerpo. Caí dado vuelta.

Luego mi visión comenzó a fallar. Los ojos sencillamente dejaron de funcionarme.

¡Estaba ciego!

Ciego, cayendo, rodando, deslizándome por el costado de una brizna de pasto.

# CAPÍTULO 12

Estaba erguido. Lo sabía. Ya no caía más. Pero estaba ciego.

No, no estaba del todo ciego. No era una negrura total. Pero mis ojos no veían ningún detalle. Veía áreas de luz y de oscuridad. Pero eran nebulosas y fragmentadas, y a mi cerebro de hormiga no le interesaban.

No. El mundo ya no consistía en ver.

Todo era... otra cosa. Sabía que estaba recibiendo algo. Algo... una sensación. Un sentimiento, casi.

Después, sentí... sentí cómo se movían mis antenas. Oscilaban hacia atrás y hacia delante, registrando. No, registrando no... Estaban *oliendo*.

Mis antenas estaban oliendo. Lo que yo buscaba era un olor. Varios olores. No era como el olfato

80

humano. Tampoco como el olfato de los perros que Jake había descrito después de transformarse en su perro Homer.

Ese tipo de olfato está lleno de posibilidades, de sutilezas.

Esto era diferente, porque buscaba unos pocos olores, unos pocos aromas.

Traté de prepararme. Ya había pasado por eso. Generalmente hay un tiempo, unos breves segundos antes de que la mente animal aparezca con todo su miedo, hambre e intensidad. Necesitaba estar preparado. Las hormigas son pequeñas y débiles. Seguramente su miedo sería extremo. Tendría que...

Entonces, ¡blam!

¡La mente de la hormiga hizo erupción dentro de la mía!

No había miedo. Nada.

No había hambre.

No había ninguna... ninguna *entidad*. No había ningún *yo*.

Ningún yo.

Ningún...

Mis antenas barrieron el aire. Extraño. No estaba en casa. No en la colonia.

Territorio enemigo.

Huélelos. Huele sus deposiciones. Huele los olores acres que desparramaron por el piso para marcar los límites.

<¿Cómo les va? Soy Tobías ¿Cómo les va?>

Extraños. El olor de otros. Vendrían. Habría matanza.

Matanza. Pronto.

Muévete.

<Jake. Marco. Rachel. Cassie. Contéstenme, soy Tobías. Háblenme.>

Comencé a moverme. Mis seis piernas avanzaban con agilidad. Era un insecto casi ciego que avanzaba de a poco a través de un bosque de pastos con bordes como serruchos.

Comida. Olor a comida. Encuéntrala. Tómala. Vuelve a la colonia con ella.

Cambia ya mismo de dirección. Dirígete hacia el olor del escarabajo muerto. Otros alrededor. Nosotros. Los nuestros. Tenían el olor correcto. No eran enemigos.

<Están enfilando en una dirección equivocada.>

Ahora moviéndose más rápido, con los pies que van sintiendo cada brizna de pasto y las antenas que barren el aire, buscando el olor del enemigo. Buscando el olor del caparazón muerto que teníamos que encontrar y llevar a la colonia.

<¡Atención! ¡Están yendo en la dirección equivocada! ¡Las mentes de las hormigas los están controlando!>

Ahora más cerca... El olor a comida era más fuerte.

Mandíbulas en movimiento. Tocaríamos el caparazón. Evaluaríamos el tamaño. Si era muy grande para transportar, lo cortaríamos en pedacitos para llevarlo a la colonia.

<¡Tienen que tomar el control! Tienen que luchar! ¡Tienen que dominar!>

O vendrían los enemigos. Y matarían.

El olor de los enemigos estaba por todas partes.

Ahí. Habíamos llegado al escarabajo muerto. Olfateé el aire. Toqué el insecto con mis patas una y otra vez para averiguar el tamaño.

¿Yo? ¿*Mis* patas?

Confusión.

<¡Luchen! ¡Luchen! ¡Tienen que tomar el control!>

Era grande.

Los otros estaban conmigo. Abrí bien mis mandíbulas y mordí el escarabajo; logré romper la dura coraza e hincar los dientes en la carne.

<Escúchenme. Están perdiendo. Deben luchar.>

¿Luchar?

De repente, me di cuenta de que había habido algo... un sonido. Sí, no era un olor. No era un olor. Tampoco una sensación.

<¡Son humanos! ¡Ustedes son *humanos*! Escúchenme. No son hormigas. ¡Luchen! ¡Luchen!>

Sí, no era un olor ni una sensación. En mi cabeza.

Mi.

Yo.

Marco.

<¡Ahhhhh!> Grité dentro de mi propia cabeza. Tobías dijo más tarde que casi se muere del susto. Creyó que me estaban matando.

Pero no era eso, en absoluto. Había vuelto a nacer.

<¡AHHHH! ¡AHHHH! ¡AHHHH!>

<¿Qué te pasa?> me preguntó Tobías.

<Pe...perdí el control. Desaparecí; ya no era yo. ¡Ni siquiera existía!>

<¡Tienes que anular ya mismo esa metamorfosis!,> me ordenó.

Pero ahora se oían los gritos de los demás, que volvían bruscamente a la realidad, regresaban a su antiguo ser.

<¿Qué clase de criaturas son éstas?> El que hablaba era Ax, que parecía realmente aterrorizado. <¡No tienen identidad! ¡Me perdí! ¡No había nada a qué aferrarse! No son una unidad; son sólo partes, fragmentos, como células. ¿Se puede saber qué clase de criaturas abominables son?>

<Lo mejor es que anulen la transformación,> sugirió Tobías. <Esto no me gusta; hay algo que anda muy mal.>

<Claro, ahora me doy cuenta,> dijo Cassie con voz temblorosa. <Las hormigas son insectos sociales; forman parte de una colonia. Debí habérmelo imaginado. Debí haberlo *sabido*. Ax tiene razón: cada uno de nosotros no es más que una parte, como

si fuera una célula más entre los miles de células del cuerpo humano.>

<¡Eh! ¡Hay otras hormigas, y vienen en esta dirección!> nos advirtió Tobías.

<¿Están cerca? ¿Las ves desde ahí arriba?> le preguntó Jake.

<No estoy en el árbol; estoy parado junto a ti. Si te mueves un poco, podrás tocar mi pata derecha.>

<No quiero volver a hacer todo desde el principio,> dijo Rachel. <Terminemos con esto de una buena vez.>

<¿Ya recuperamos el control?> preguntó Jake.

Uno por uno le contestamos que sí, aunque no era del todo cierto. Sí, yo había logrado controlar la mente de hormiga, pero ésta seguía ahí. Era poderosa de un modo que nunca hubiera imaginado, y su simplicidad complicaba aún más las cosas. La hormiga formaba parte de una computadora; era una pieza minúscula de una criatura mucho mayor: la colonia.

<Escuchen,> dijo la "voz" de Cassie en mi cabeza. <Si lo intentan, tal vez puedan usar los ojos de hormiga, aunque sea un poco. Concéntrense y podrán diferenciar la luz de la oscuridad; será como si estuvieran mirando uno de esos viejos televisores en blanco y negro donde se ve con lluvia todo el tiempo. Sólo verán lo que tienen delante, pero al menos distinguirán los contornos de las cosas.

Era cierto: algo se veía, pero, de todos modos,

nada de lo que había a mi alrededor me resultaba conocido. Distinguí unas briznas de césped, pero había una pared inclinada y altísima que me parecía un verdadero misterio.

<Alguien me acaba de pisar la pata,> se quejó Tobías.

La pared. La pata de Tobías.

<Muy bien; van en la dirección correcta,> dijo después. <Están trepando el cerco.>

Yo no veía nada, así que ni siquiera me había enterado de que había un cerco. El final estaba a siete u ocho cuerpos de distancia por encima de mí.

<No quiero entrar en el jardín de Chapman,> dijo Tobías. <Si alguien nos llegara a ver, despertaríamos sospechas. Sigan en la misma dirección.>

Hicimos lo que nos decía. Atravesé un bosque de césped a gran velocidad hasta que, de pronto, el césped se acabó y comenzamos a correr por un terreno lleno de piedras tan grandes como mi cabeza; parecía un paisaje lunar.

En mi mente de hormiga aún resonaban las sirenas de alarma. ¡Enemigos! ¡Enemigos! Su olor se sentía por todas partes.

Pero no era miedo lo que emanaba del cerebro de hormiga, que era un cerebro incapaz de expresar emociones de ningún tipo. La hormiga simplemente sabía que sus enemigos estaban cerca.

Y también sabía que, tarde o temprano, llegaría la hora de matar, o de morir.

# CAPÍTULO 13

Llegamos a la pared. Yo sabía que era la pared de hormigón del cimiento, y que, a varios centímetros por encima de mi cabeza, estaba revestida de paneles de madera, pero no veía a tanta distancia.

Lo que vi, sentí y "olfateé" fue que el mundo horizontal sencillamente se había acabado. La realidad tenía un ángulo. El mundo, tal como yo lo percibía, era un ángulo entre una estructura de concreto y una extensión de arena, la primera vertical, y la otra, horizontal. La pared tenía una gran cantidad de grietas y agujeros por donde podía introducirme.

<Caminen cabeza abajo,> nos recordó Jake. <Y busquen la forma de descender por la pared.>

<Por aquí hay un túnel,> anunció Rachel. <Pero el olor es... de lo más asqueroso.>

87

Tenía razón. Yo también encontré el túnel; y me di cuenta de que era territorio de *ellos*: pertenecía al enemigo.

<Sé que hay un enemigo porque lo percibo,> dijo Ax. <Pero, ¿quién es? ¿Qué es?>

<No sé,> le respondió Jake en tono sombrío. <Pero esperemos que no estén cerca.>

Comenzamos a bajar por el túnel. El olor del enemigo era penetrante; su hedor nos envolvía. Éramos una fuerza invasora que avanzaba sobre territorio enemigo.

El túnel era angosto, y estaba lleno de piedras que me rozaban constantemente el abdomen. Algunas las pateaba con mis patas; otras tenía que correrlas para un costado. A pesar de que estaba rodeado de tierra, y aunque con mis amigos formábamos una hilera cerrada, no me sentía asfixiado ni tenía claustrofobia, porque mi mente de hormiga estaba acostumbrada a los túneles.

Sabía que iba caminando con la cabeza para abajo, pero la gravedad parecía menos importante que cuando era humano.

<Por aquí se abre otro túnel,> anunció Rachel, que era la primera de la fila. Ésa era toda una sorpresa. <Hay varios túneles laterales. El nuestro comienza a bifurcarse. ¿Por dónde va...? ¡AHHHH!>

<¿Qué te pasa?>

<¡Oh! ¡Viene una hormiga!>

<¿Cómo? ¡Rachel!>

<¡Ahora corre! ¡Se escapa! Ah, ya está; no pasa nada. Era más chica que yo. Se escabulló por un túnel lateral.>

<Parece que somos las hormigas malas del túnel,> bromeé, tratando de olvidar esa sensación de terror tan humana que nos había invadido a todos.

<Eso espero,> me respondió Jake.

<Siento una corriente de aire; como una brisa,> nos informó Ax. <Y viene de este túnel lateral.>

<Sigámosla,> propuso Jake.

Salimos rápidamente de la zona pedregosa y entramos en un cañón; al menos, eso fue lo que me pareció: un cañón muy pero muy profundo; una grieta en el cimiento de concreto.

Trepamos por rocas escabrosas y nos encogimos para pasar por la angosta grieta. Mientras tanto, la brisa se convirtió en viento.

Después, salimos del cañón y nos encontramos sobre un plano vertical y liso.

<Creo que llegamos,> anunció Cassie. <Parece un espacio abierto; siento correr aire. Y está oscuro.>

<Bueno, inicien la transformación, pero tengan mucho cuidado.>

<¡Esperen! ¡Primero debemos pararnos sobre un plano horizontal!,> les advertí. <Los seres humanos no caminan por las paredes; además, no sabemos a qué altura estamos.>

<Marco tiene razón. Y lo mejor es que alguno de nosotros lo haga primero.>

89

<Bueno, aunque les parezca mentira, yo me ofrezco,> dije. Ya no soportaba más ese cuerpo de hormiga.

Lo primero que hice fue alejarme de ellos. La oscuridad era absoluta, así que no podía ver los cambios de mi cuerpo; claro que con sentirlos ya tenía bastante.

Me convertí en ser humano otra vez y empecé a buscar una luz, pero un minuto después, casi me desmayo.

¡Mis enormes pies humanos podían aplastar a mis amigos!

Me quedé totalmente inmóvil y tanteé la pared con las manos. Primero no encontré nada. Después toqué una cartelera, un escritorio, un teléfono, una especie de máquina que podía ser un fax, y por último, ¡una lámpara!

La luz repentina me encandiló. Pestañeé y me tapé los ojos; después, cuando pude abrirlos, miré a mi alrededor. Estaba en una habitación muy pequeña, una especie de oficina sin ventanas. No había nadie más que yo.

Me miré el cuerpo y vi que tenía brazos, piernas, pies. ¡Sí! ¡Era humano otra vez!

<Vemos luz,> dijo Jake. <Sé que ahora no puedes comunicarte mediante la telepatía, así que, si no hay peligro, apaga y enciende la luz.>

Casi se me corta la respiración cuando vi a mis amigos: eran cuatro minúsculas hormiguitas acurrucadas en un rincón.

¿Yo había sido como ellos, una hormiga insignificante que podía desaparecer con un solo pisotón?

Apagué la luz y volví a encenderla. Segundos después, mis amigos comenzaron a transformarse. Di media vuelta y me dediqué a revisar el escritorio.

—Fue una experiencia increíble —exclamó Cassie, la primera en completar su metamorfosis.

—Sí —coincidí.

—No quiero volver a hacerlo nunca más —continuó ella con una voz temblorosa que expresaba todo el miedo y el asco que sentía.

Yo no respondí. Estaba tan asustado que no quería hablar del tema. Además, si hablaba de lo que habíamos vivido, todo se volvería más real. Mejor no pensar; tratar de sacárselo de la cabeza.

—Es aquí —anunció Rachel cuando ya se le habían formado los ojos y la boca—. Reconozco el lugar; es la oficina de Chapman. Yo era un gato cuando vine, pero estoy segura de que es aquí.

—Bueno, ahora manos a la obra —dijo Jake, nervioso—. Ax, busca el transmisor.

En ese mismo instante Ax, que había vuelto a ser un andalita normal, comenzó a sacar un panel de la máquina que yo había confundido con un fax.

Yo seguí revisando el escritorio de Chapman, pero no encontré nada importante; no había papeles ni archivos de ninguna clase.

Ax me clavó la vista y me sonrió como sonríen

91

siempre los andalitas: con la mirada. Después, tocó un pequeño cubo que parecía un pisapapeles. El cubo se encendió y proyectó una imagen frente a mí.

—Genial. Es una computadora, ¿no? —le pregunté.

<Exacto. Una computadora.>

Levanté un dedo y señalé un símbolo que parecía una carpeta. Cuando lo toqué, se abrió y apareció un documento escrito en un incomprensible alfabeto extraterrestre.

<¿Sabes usar una computadora?>

—Claro. ¿Por qué no? Ésta es unos cuantos siglos más avanzada que las nuestras, pero...

<¡Espera!> exclamó Ax de pronto. <Vuelve al último documento.>

—¿Puedes leer lo que dice?

<Sí>. Ax miró la imagen con atención. <Es un anuncio. Muy pronto, los yeerks recibirán una visita importante; vendrá Visser Uno.>

—¿Visser Uno? ¿Será el jefe de Visser Tres?

<Sí, es más poderoso que Visser Tres, así como Visser Tres es más poderoso que Visser Cuatro. Hay cuarenta y siete Vissers en el imperio yeerk; al menos, eso creemos los andalitas.>

—Genial —dije—. Cuarenta y siete. Espero que no todos sean como nuestro amigo Visser Tres.

Ax seguía tratando de sacar el transmisor de esa máquina parecida a un fax.

<No,> me respondió. <Sólo Visser Tres tiene

cuerpo de andalita; él es el único que puede meta-morfosearse. Creo que Visser Uno tiene cuerpo humano. Ah, aquí lo tengo.>

Me mostró un disco brillante y pequeño como una arveja.

—Bueno, ahora salgamos de aquí —nos apuró Jake—. Pongan el disco cerca de la grieta, así no lo tenemos que cargar tanto. Vamos, a transformarse todos.

Ése era el momento que yo más temía. No quería volver a ese cuerpo de hormiga. De sólo pensarlo, me daban ganas de llorar, pero no había otra forma de escapar: si tratábamos de salir del sótano por la otra parte de la casa, seguro que nos apresaban.

—Dios mío, cómo odio hacer esto —murmuré, pero al mismo tiempo me concentré en el cuerpo de la hormiga. Mientras miraba, mis amigos también comenzaron a transformarse.

Una vez que nos encogimos hasta alcanzar el tamaño de una hormiga, el transmisor nos resultó gigantesco. Era mucho más grande que nosotros. Cuando me paré junto a él para tantearlo con mis patas y antenas, me pareció que era grande como un camión.

<Todo el mundo dice que las hormigas son increíblemente fuertes en relación con su tamaño,> señaló Cassie. <Creo que llegó la hora de comprobarlo.>

Parecía una tarea imposible, pero Cassie, Rachel y Ax lograron levantar del suelo esa carga monstruosa.

Era como ver a tres personas cargando un autobús sobre sus espaldas. Sin embargo, es verdad lo que dicen de las hormigas: que a pesar de su tamaño son unos insectos muy fuertes.

Cuando tocamos la pared vertical, los tres tuvieron que empujar el disco y hacerlo rodar hacia arriba, como si fuera una rosca de acero gigantesca.

Llegamos a la grieta. Mis amigos arrastraron el transmisor hacia adentro; Jake y yo llevábamos la delantera.

Para remolcar esa cosa por los riscos del cañón de cemento hasta llegar al túnel de tierra fue necesario que trabajáramos los cinco. El transmisor era tan grande que bloqueaba el túnel por completo. Ax, Rachel y Cassie lo empujaban desde atrás, y Jake y yo sacábamos las piedras —es decir, los granos de arena— del camino, y de esa forma, lográbamos avanzar.

De pronto, sucedió algo.

Ni siquiera tuvimos tiempo de darnos cuenta.

Un minuto antes, el túnel por el que caminábamos estaba vacío. Ahora estaba lleno, ocupado por un ejército de hormigas furiosas dispuestas a atacar.

*Enemigos*, me anunció mi cerebro de insecto.

En cualquier momento empezaría la matanza.

# CRPÍTULO 14

<¡**V**ienen por detrás!> gritó Rachel.

<También por el costado!> gritó Cassie.

<¡Están por todas partes!>

<¡Socorro! ¡Socorro!>

<¡Arrrrgggghhhh!>

La velocidad del ataque fue increíble, y su fuerza, imposible de explicar. Las hormigas eran miles, y venían desde atrás y desde adelante, avanzaban desde los túneles laterales, saltaban de las paredes.

<¡Ay, ay! ¡Me mordieron una pierna!>

<¡Ahhhh! ¡Mi cuello! ¡Ayúdenme!>

Tres se abalanzaron sobre mí, y comenzaron a tironearme de todos lados, tratando de hacerme caer para poder despedazarme a su gusto.

¡Querían descuartizarme!

Una cuarta se encaramó sobre mi cabeza y me lastimó las antenas. Después me apretó la cintura con las mandíbulas, todo el tiempo tironeándome para partirme por la mitad.

No teníamos forma de defendernos. Nunca podríamos vencerlas. En unos segundos, todos estaríamos muertos.

Eran como máquinas: temerarias e imparables.

<¡Tenemos que transformarnos! ¡Es la única escapatoria!> grité.

En ese momento, una de mis patas se desprendió; evidentemente, las hormigas me la habían arrancado de cuajo.

<¡Aaaarrrggghhh!>

<¡No! ¡Por favor, ayúdenme!>

Sentía que unas mandíbulas filosas y potentes me serruchaban la cintura.

Después, las hormigas me lanzaron un líquido ardiente y venenoso y comenzaron a aguijonearme una y otra vez, sin dejar de tironearme para partirme en dos.

Lo único que deseaba en ese momento era volver a ser un humano. ¡Ojalá no me mataran antes de que pudiera convertirme!

<¡Inicien la metamorfosis!> nos ordenó Jake, y se puso a gritar como loco.

<¡Aaaaahhhhh! ¡No! ¡No!>

Yo sentía que la cintura se me iba a quebrar; las hormigas no iban a soltarme así como así.

De pronto, la presión de las mandíbulas sobre mi cintura desapareció, y en lugar de eso, sentí el roce contra el suelo arenoso.

¡Estaba creciendo!

La arena impedía el paso del aire y no me dejaba respirar. Sentía una presión terrible. Un momento después, la tierra que había a mi alrededor comenzó a agrietarse. ¡La sensación era como de estar saliendo de una tumba! Sentir el aire fresco y limpio de la noche fue como una bendición.

Salí disparado en una explosión de arena.

Jake estaba encima de mí, y me empujaba a medida que crecía. Y los demás, que en el túnel habían estado a escasos centímetros de distancia, también se apretaban unos contra otros formando una masa de cuerpos deformes que crecía con rapidez. Traté de hacerme a un lado, pero mis movimientos eran torpes; mi transformación aún no había concluido.

Cuando todo terminó, me encontré desplomado sobre el suelo, mirando las estrellas con ojos humanos.

<¿Están bien?> nos preguntó Tobías.

—¿Cassie? —llamó Jake.

—Estoy bien —respondió ella.

—Yo también; gracias por preguntarme, Jake —dijo Rachel.

Era un verdadero milagro, pero estábamos todos vivos… y enteros. Cuatro humanos y un andalita.

Miré para abajo y vi la arena revuelta en el lugar por donde habíamos salido despedidos. Miles de hormigas, tan diminutas que apenas si podían verse, corrían de un lado a otro con desesperación.

Ahí, en medio de la arena, encontré el transmisor y lo levanté.

Rachel daba pisotones en la arena, tratando de aplastarla para que no despertara sospechas.

—Jake, por favor, no volvamos a hacer esto otra vez porque creo que no sobreviviré.

Él asintió, tembloroso.

—Primero me convierto en langosta; después, en hormiga. Me parece que si sigo descendiendo en la escala evolutiva, la próxima vez seré un virus, o algo así. Y quiero que quede claro que no lo voy a hacer. No voy a convertirme en flema, ni aunque sea para salvar al mundo.

Lo que dijo no era ningún chiste, pero todos soltamos una especie de risita. Y Rachel dejó de pisar las hormigas..., es decir, el suelo.

Esa noche, cuando volví a casa y me di una ducha, encontré la cabeza de una hormiga que se me había quedado pegada en el cuerpo.

Mucha gente piensa que sólo los humanos matan y provocan guerras, pero, en realidad, comparados con las hormigas, nosotros vivimos en un mundo de paz, amor y comprensión.

Alrededor de un mes después de la experiencia con las hormigas, encontré un libro sobre esos insectos. El autor decía: "Si las hormigas tuvieran armas nucleares, probablemente destruirían el mundo en una semana".

Creo que el escritor está equivocado. No les insumiría tanto tiempo.

# CAPÍTULO 15

Me sentía muy bien, espléndido, y dormí como un lirón. Tuve sueños, pero traté de sacármelos de la cabeza.

A la mañana siguiente, cuando me levanté, me di cuenta de que papá tenía los ojos enrojecidos, como si hubiera estado llorando. El domingo se cumplían dos años de la muerte de mamá, y a medida que pasaban los días, él se ponía peor.

Pero yo no quería pensar en eso. Tenía que sacarme tantas cosas de la cabeza, que ya se me estaba convirtiendo en una costumbre.

En el pasillo de la escuela me crucé con Jake, pero me hice el que no lo veía.

También me encontré con Rachel, que me miró con expresión vacía, como si no hubiera dormido o como si algo anduviera realmente mal.

Hasta Cassie parecía preocupada; al parecer, todos estábamos con el ánimo por el piso. No es fácil olvidar una experiencia terrorífica, evitar que se venga a la mente el recuerdo de que a uno le están arrancando una pierna del cuerpo.

O le están despedazando el cuerpo entero, partiéndolo en dos.

Uno de estos días, pensé, alguno de nosotros va a volverse loco, pero loco de verdad, de esos que terminan encerrados en los manicomios con chaleco de fuerza. Era demasiado. No vivíamos una vida normal.

A alguno de nosotros se le aflojaría un tornillo. Podía pasarle a cualquiera, incluso a las personas que se consideran fuertes.

Yo eso lo sabía porque le había pasado a papá. Antes yo solía pensar que a él nada podía destruirlo, pero la muerte de mamá lo había hecho pedazos.

Papá trabajaba de ingeniero, aunque en realidad, es científico. Es muy inteligente. En otras épocas, teníamos una casa hermosa, un buen auto... Vivíamos al lado de Jake.

Yo sé que todo eso no es importante, que lo esencial en la vida no es tener cosas materiales, pero de todos modos, fue difícil cuando papá dejó de ir al trabajo. Jerry, su jefe, lo entendió, y le dio un par de semanas para que se recuperara de la muerte de mamá.

Pero las dos semanas no fueron suficientes.

Ahora mi papá trabaja unas horas como conserje, y también consigue trabajos temporarios; desembala cajas en centros comerciales, ese tipo de cosas. Pero, en realidad, a mí no me importa en qué trabaja; eso no es lo importante.

Lo importante es que, cuando perdí a mamá, también lo perdí a él.

Por eso sé que la gente puede quebrarse; lo digo por experiencia.

Las clases de la mañana pasaron volando; no pasó nada interesante.

A la hora del almuerzo me senté, por casualidad, en la misma mesa que Rachel, pero ella ni siquiera se dio cuenta. Miraba su comida y masticaba mecánicamente.

Un momento después, una chica llamada Jessica pasó caminando con su bandeja, y tropezó con Rachel. A mi amiga se le cayó el tenedor en medio del plato, y la salpicó con comida.

Yo no sé si Jessica lo hizo a propósito o no, pero es de esas chicas que siempre andan buscando pelea.

—¡Eh! ¡Cuidado! —le gritó Rachel.

—¿Qué? —le preguntó Jessica, furiosa—. ¿Oí mal, o me estás gritando? No vuelvas a hacerlo porque te vas a acordar de mí toda la vida, ¿entendiste? —Después, le dio un empujón.

En un abrir y cerrar de ojos, Rachel se levantó del asiento, dio media vuelta y sujetó a Jessica del cuello de la camisa. Acto seguido la empujó hasta la mesa de al lado.

Jessica es mucho más robusta que Rachel, pero eso no tenía importancia. Rachel la puso de espaldas contra la mesa, desparramando platos y comida por todos lados. Se inclinó hacia ella y le dijo con frialdad:

—No me toques nunca más.

Vi que Jake se hallaba en el otro extremo del comedor, demasiado lejos para intervenir, y Cassie estaba con él, así que todo dependía de mí.

Me levanté y corrí hacia Rachel. Después, lancé un suspiro y traté de apartarlas.

—Sal de aquí, Marco —me ordenó mi amiga.

—¡Por favor, sácamela de encima! ¡Está loca! —me pidió Jessica.

Empujé a Rachel, tratando de separarla de Jessica. De pronto, Jessica empezó a patalear y a agitar los brazos, supongo que con la intención de pegarle a mi amiga.

Pero falló.

—¡Ay! —Me cubrí el ojo izquierdo. —¿Y yo qué te hice para que me pegues?

En ese preciso instante, entró la maestra.

Cinco minutos después, Jessica, Rachel y yo estábamos sentados en la oficina del vicedirector.

La oficina de Chapman.

Jessica le relataba la pelea a los gritos y haciéndose la ofendida. Rachel la miraba, impasible, mientras que yo me preguntaba si el ojo se me iba a hinchar todavía más.

Chapman nos miró indignado.

—¿Qué significa todo esto? ¡Peleando en el comedor! ¡Y justamente tú, Rachel! ¡No puedo creerlo!

—¿Por qué? ¿Piensa que ella es mejor que yo? —protestó Jessica.

Chapman no le prestó atención, y clavó los ojos en Rachel.

—¿Te sucede algo? El señor Halloram dice que tú empezaste la pelea. ¿Estás bien, Rachel? ¿Tienes algún problema que quieras contarme?

Por un momento, sentí miedo. Rachel tenía una mirada que no me gustaba en absoluto. De pronto, me vino la imagen terrible de ella contestando: "Sí, señor Chapman, estoy un poco nerviosa. Estuve a punto de morir porque tuve que convertirme en hormiga para poder entrar subrepticiamente en su sótano y pelear contra usted y sus malvados amigos yeerks".

Pero yo sabía que Rachel era demasiado inteligente para decir algo así. Claro que hasta hacía poco también creía que ella era demasiado inteligente como para empezar una pelea en el comedor...

—Fue todo culpa mía, señor Chapman —le dije.

—¿Culpa tuya? —dijo él, entrecerrando los ojos.

—Sí. Se peleaban por mí, porque me quieren. Las dos están locamente enamoradas de mí, y me parece lógico. ¿A usted no?

—¿Qué te pasa, te volviste loco, mamarracho? —chilló Jessica.

Pero cuando miré a Rachel, noté que las comisuras de los labios se le curvaban un poco: era el comienzo de una sonrisa.

Chapman nos gritó unos minutos y nos dijo que pidiéramos una entrevista con el consejero escolar. Después, nos dejó ir.

Cuando salimos al pasillo, Rachel se me puso a la par.

—Ojalá pudiera hacer lo mismo que tú —me dijo.

—¿A qué te refieres?

—A... encontrar siempre el lado positivo de las cosas... Es por eso que puedes tomar todo con tanta tranquilidad, y nunca pierdes el control.

—¿Lo dices en serio? —La idea me sorprendió. ¿Rachel pensaba que yo nunca perdía el control?

—Sí, bueno, ayer... antes de dormir... me quedé pensando en eso... —Después, se encogió de hombros, y me miró con su sonrisa perfecta. —A veces me pones un poco nerviosa, Marco, porque vives haciendo chistes. Pero, no cambies nunca, ¿oíste? Necesitamos un poco de sentido del humor.

—¿Sentido del humor? ¿Pensaste que era un chiste? ¿Quieres decir que Jessica y tú no están locas por mí?

—Sigue soñando, Marco.

# CAPÍTULO 16

Al día siguiente, con el transmisor de espacio Z que ya teníamos en nuestro poder, Ax terminó de construir su señal de alarma.

Ahora había que pensar dónde convenía tenderles la trampa. No podía ser ningún lugar que estuviera conectado con nosotros. La granja de Cassie, el bosque cercano o el pueblo no eran los lugares adecuados.

Un par de días después del episodio de las hormigas, volvimos a reunirnos en el campo de Cassie, entre los árboles del bosque. Ésa era un área que debíamos mantener segura por ser el único lugar donde podíamos esconder a Ax si fracasara la misión para ayudarlo a escapar.

La respuesta se le ocurrió a Tobías.

<Adentrándonos más en el campo encontrare-

mos una cantera donde nunca hay nadie. Queda como a una hora de vuelo desde aquí.>

—Si tenemos que ir volando, entonces habrá que conseguirle a Ax una forma de pájaro —dijo Jake, mirando a Cassie.

—En el granero tenemos algunas opciones —dijo ella, y se mordió el labio, pensativa—. Hay un halcón que fue envenenado; tiene casi el tamaño de Tobías.

—¿Ax? ¿Tienes algún inconveniente en transformarte en pájaro? —le preguntó Jake.

<Siempre admiré el cuerpo de Tobías; es realmente maravilloso. Me gustan sus garras filosas, su pico. No se ofendan, pero me parece muy superior al cuerpo humano. Los humanos no tienen ningún arma natural. Cuando me transformo en humano, extraño muchísimo mi cola.>

—No te preocupes, no nos ofendes —le dije—. Pero no es verdad que los humanos no tenemos armas naturales. Si mantienes los pies dentro de un par de viejas zapatillas de tenis durante unas horas en un día de calor, te aseguro que obtienes un arma mortal. El temido pie maloliente.

—Muy bien, ya está arreglado —dijo Jake—. Ahora hablemos de los detalles. Si vamos a llamar a una nave Insecto, necesitamos tener un plan preparado. Creo que el día ideal sería el sábado.

—Sí, siempre y cuando no intervenga ninguna hormiga. —Lo dije en chiste, pero nadie se rió.

—No, nada de hormigas —murmuró Jake.

Sacudí la cabeza, sin dejar de bromear.

—¿Saben una cosa? Hablamos de enfrentar a los hork-bajires y los taxxonitas, y yo antes pensaba que ésos eran los seres más monstruosos del universo. Pero ahora lo que más miedo me da son las hormigas.

Cuando terminó la reunión, esperé que Jake se despidiera de Cassie y nos volvimos juntos caminando. Por un rato hablamos de cosas normales, las mismas cosas que compartíamos antes de que nuestras vidas cambiaran para siempre.

Hablamos de básquet y discutimos sobre cuál era el mejor equipo de la NBA. Hablamos de música. Ninguno de los dos se había comprado un CD últimamente. Hasta llegamos a hablar de si el Hombre Araña podía vencer a Batman o viceversa.

Es decir, las cosas normales y tontas de las que se habla todos los días.

Yo daba vueltas porque tenía miedo de contarle sobre la decisión que había tomado.

Pero Jake siempre fue mi mejor amigo, y me conoce mejor que nadie.

—¿Marco? ¿Te pasa algo?

—¿Por qué me lo dices?

—En todo el camino no hiciste ni uno solo de tus típicos comentarios medio irónicos y graciosos. Eso es raro.

Lancé una carcajada, pero después no pude guardármelo más.

—Ésta es mi última vez.

—¿Qué quieres decir?

Por supuesto, él sabía perfectamente lo que yo había querido decir.

—Esta vez participo, pero es la última. Y lo digo en serio. Nadie me va a convencer haciéndome sentir culpable. Ya hice suficiente.

Se quedó pensando un momento mientras caminábamos.

—Tienes razón. Ya hiciste más que suficiente; te mereces un descanso.

—No es la primera vez que nos salvamos de milagro.

—Es verdad.

—Uno de estos días no vamos a salir vivos, ¿entiendes? Diez segundos más y esas hormigas nos despedazaban. Y antes de eso fue un recipiente de agua hirviendo; y antes casi me asesinan los tiburones. No lo soporto más. Cuando digo basta, es basta.

—Tienes toda la razón del mundo —me contestó.

A mí me sorprendió que reaccionara con tanta tranquilidad. Supongo que no tenía por qué sorprenderme. Todos tratamos a Jake como si fuese el jefe, pero lo cierto es que él nunca nos obligaba a hacer cosas que no queríamos.

—¿Que tienes pensado para el domingo? —me preguntó después.

Esa pregunta también me tomó por sorpresa.

—No sé. Algunos domingos vamos al cementerio, a visitar la tumba de mamá, dejar flores y todo eso. Pero este domingo se cumplen dos años… —Me encogí de hombros. —La verdad es que no sé.

Él se limitó a asentir con la cabeza.

—Pero hay algo de lo que sí estoy seguro, Jake, y es que dentro de un año no quiero que papá tenga que ir a dejar flores en *dos* tumbas.

# CAPÍTULO 17

<¡**E**sto es increíble! ¡Genial! ¡Estamos volando!>

Íbamos los seis juntos. Era la primera vez que Ax volaba, y no dejaba de repetir lo maravilloso que le parecía. Yo no lo veía así de entusiasmado desde el día en que había descubierto el café.

Y eso era bueno, porque volar es realmente magnífico.

<¡Qué buena visión!> exclamó Ax. <Estos ojos son muy superiores a los ojos humanos; hasta son mejores que los ojos de los andalitas.>

<Es cierto, las aves de presa suelen tener una gran visión diurna,> explicó Tobías. <De todos modos, creo que mis ojos son un poco mejores que los tuyos.>

<Lo dudo,> dijo Ax. <Es difícil imaginar mejor vista que ésta.>

110

<¿Se acuerdan de las viejas épocas, cuando discutíamos sobre quién lanzaba mejor la pelota? Ahora la discusión es sobre quién tiene la mejor vista de pájaro,> bromeé.

Planeábamos sobre un terreno boscoso, así que al bajar la mirada veíamos una masa de color verde que lo cubría todo. Una maravillosa corriente de aire cálido nos había permitido elevarnos casi sin esfuerzo.

Rogábamos que en el bosque no hubiera avistadores de pájaros, porque formábamos una bandada un tanto extraña: un halcón, un cóndor, un aguilucho, un águila calva y dos águilas pescadoras. Manteníamos cierta distancia entre nosotros para que no fuera demasiado evidente que estábamos juntos.

Además, una de las águilas, Rachel, llevaba un objeto que parecía un pequeño control remoto. Ella era el ave más grande, y por lo tanto, debía cargar con el peso.

<Tengo una propuesta para hacerles,> anuncié. <Abandonemos esta misión suicida y pasemos el día volando.>

<Qué buena idea,> dijo Cassie, que quiso hacer una broma pero sonó demasiado seria.

<Allí adelante se ve la cantera,> anunció Tobías. <Me muero por llegar.>

<No te mueras todavía; para eso ya habrá tiempo,> bromeé.

Describimos un círculo sobre el terreno para cerciorarnos de que no hubiera nadie en el bosque, pero no había ni un alma.

Después bajamos en picada hacia la cantera, una profunda grieta abierta en la tierra. Era un lugar desolado: sólo un gran agujero en el suelo y algo de agua en las partes más bajas.

Unos minutos después, habíamos regresado a nuestra forma habitual, claro que sin los zapatos, y vistiendo el atuendo carnavalesco que usábamos para la metamorfosis.

—Parecemos el grupo de trapecistas de un circo de pueblo —comenté.

—No empieces otra vez con el tema de los uniformes —se quejó Rachel.

Era una vieja discusión. Yo siempre decía que necesitábamos unos buenos uniformes de superhéroes, como el de los Caballeros del Zodíaco, por ejemplo.

Pero ahora me daba cuenta de que no debía hablar como si fuéramos a estar siempre juntos.

No sabía si Jake les había contado a los demás que yo había decidido abandonar el grupo. Seguramente se lo había dicho a Cassie, pero no creo que Rachel o Tobías lo supieran, porque me habrían hecho algún comentario.

¿Y qué pensaría Ax? Seguía siendo un misterio para nosotros, pero la relación con él sería una de las cosas que extrañaría cuando me fuera porque,

¿cuántas oportunidades se dan en la vida de poder tratar con un verdadero alienígena?

Y también iba a echar de menos los momentos en que volábamos. Pero lo cierto es que, si me retiraba, debía despedirme de todo.

Supongo que habré tenido aspecto de triste, sentado ahí sobre una piedra, con expresión pensativa. Jake se acercó y me dio una palmada en la espalda para animarme.

—Vamos, tenemos que bajar a la cantera para que nadie nos vea.

—Genial. Seguro que las rocas se desmoronan y nos aplastan, y no tendremos que preocuparnos más por los yeerks.

En la pared de la cantera había una especie de caverna poco profunda que nos servía como escondite para el caso de que alguien volara sobre el terreno.

—Muy bien —dijo Jake—. Empecemos con el plan. ¿Ax? ¿Listo para poner el transmisor en funcionamiento?

<Sí, estoy listo, príncipe Jake.>

Jake nos miró a nosotros.

—¿Ustedes están preparados para iniciar las distintas metamorfosis?

Todos asentimos con la cabeza, salvo Ax. El plan era que iniciáramos nuestras metamorfosis más poderosas y mortales para atacar a las tropas yeerks. Pero Ax sólo podía transformarse en tiburón, langosta, hormiga y halcón; por eso habíamos pensado que lo mejor para él era conservar su cuerpo andalita, que era bastante peligroso.

—¿Listo, Ax? ¡Ya! ¡Todos a transformarse!

—Y no se olviden de cruzar los dedos —agregué—. Bueno... los dedos o las garras, patas o pezuñas, según el caso.

Ax pulsó un botón del dispositivo de alarma, pero no sucedió absolutamente nada.

<Funciona,> nos tranquilizó después.

En ese momento, Rachel, Cassie, Jake y yo iniciamos la transformación. Habíamos decidido convertirnos en animales que ya habíamos hecho antes, así que no tendríamos que luchar por mantener el control sobre la mente de cada animal.

Rachel había elegido transformarse en elefante. Creíamos que podíamos llegar a necesitar esa fuerza y tamaño descomunales.

Jake comenzó a convertirse en tigre. Cassie optó por una forma de lobo, y yo me concentré en el gorila.

—Ésta sí que es una escena rara —bromeé mientras comenzábamos a cambiar de forma—. Cualquiera que se cruzara con nosotros pensaría que está viendo visiones.

Todo era realmente muy extraño. Parecía increíble ver cómo a la hermosa Rachel con cuerpo de modelo le crecía una trompa tan gruesa como un tronco de árbol y dos orejas que parecían paraguas.

O cómo cada centímetro del cuerpo de Cassie se cubría de pelo gris, y ella empezaba a caminar en cuatro patas y mostraba unos largos colmillos amarillos.

Y también estaba Jake, con unas garras enormes y curvadas saliéndole de los dedos, una cola larga como víbora que se agitaba detrás de él, y un pelaje anaranjado y negro que le cubría todo el cuerpo. Cuando terminó su metamorfosis se había convertido en un tigre bien desarrollado que medía casi tres metros desde el hocico hasta la cola y pesaba alrededor de cien kilos.

Si hay un animal que combina belleza y ferocidad, ése es el tigre.

<A que si peleamos te gano,> lo desafié.

<¿Ah, sí, monito? Yo no opino lo mismo.>

<Sí, y yo con una pata puedo aplastarlos a los dos,> intervino Rachel, que se acercó moviendo la trompa de un lado a otro y agitando las orejas. Parecía una montaña en movimiento.

<Ay, parecen tres nenes discutiendo quién le gana a quién,> dijo Cassie.

<Ja. Lo dices porque los tres podríamos hacerte papilla, lobito,> le respondí.

<¡Sí, claro! Primero, tendrían que atraparme. No se olviden de que puedo correr durante horas y horas, mientras que ustedes corren unos metros y ya están agotados y muertos de sueño.>

<La verdad es que en este planeta hay una in-

creíble variedad de animales,> comentó Ax. <Algún día, cuando hayamos derrotado a los yeerks, los andalitas vendremos simplemente a probar las diferentes formas. Para nosotros sería como tomar unas vacaciones.>

<¡Muy bien, andalita, te has ganado la lotería! ¿Adónde piensas viajar?> le dije, imitando una publicidad. <¡Me voy a la Tierra a convertirme en langosta!>

<No entiendo,> me contestó Ax.

Empecé a explicarle, pero en ese preciso momento una luz roja comenzó a titilar en el dispositivo casero de Ax. <¡Es la señal de respuesta! ¡Vienen hacia aquí!>

<¡Rápido! ¡Todos a sus lugares!> ordenó Jake.

Después se escabulló con rapidez y se escondió tras una piedra. Rachel se acurrucó como pudo bajo el saliente. Cassie corrió a esconderse junto a Jake, y yo traté de no parecer un gigantesco gorila detrás de una pila de rocas. Tobías agitó las alas con fuerza, luchando por ganar altura.

En ese momento, ¡SSSHHHH!

Algo apareció volando bajo, apenas por encima del nivel de los árboles; después desapareció para dar la vuelta y regresar.

Era una nave Insecto, tal como habíamos planeado.

<Parece que llegó la hora de volverte a tu casa, Ax,> le dije.

# CAPÍTULO 18

La nave Insecto pasó volando una vez más, se quedó inmóvil un momento y descendió en dirección a la cantera.

Las naves Insecto son las naves más pequeñas de los yeerks; su tamaño es apenas superior al de un ómnibus escolar. Tienen una forma curva parecida a la de un insecto, salvo que de ambos lados les salen unas lanzas muy largas y serradas que apuntan hacia adelante, por lo cual se parecen un poco a una cucaracha que sostiene dos varas.

Aterrizó suavemente, como si fuera una pluma.

Yo contuve el aliento.

<Quédense en sus lugares,> dijo Jake. <Esperemos que salgan.>

La escotilla de la nave se abrió y apareció un controlador hork-bajir.

117

El príncipe andalita, hermano de Ax, nos había contado que los hork-bajires eran un pueblo pacífico que había sido esclavizado por los yeerks contra su voluntad.

Tal vez era cierto, pero no tenían mucho aspecto de pacíficos. Son como enormes cuchillas vivientes que miden unos dos metros de altura, tienen dos brazos, dos piernas y una horrible cola pinchuda parecida a la de los andalitas.

Sus cabezas de víbora proyectan cuchillas similares a espadas, y también tienen cuchillas en sus codos, muñecas y rodillas.

Para decirlo más claro, estoy seguro de que, si los klingons existieran, saldrían espantados al ver a los hork-bajires.

<Prepárense,> nos dijo Jake.

El hork-bajir bajó de la nave y se quedó inmóvil.

<Seguro que adentro hay un taxxonita,> nos recordó Jake.

<Sí, ya sabemos,> le respondí.

¿Por qué el hork-bajir se quedaba quieto, sin hacer nada? Lo normal sería que estuviera echando un vistazo a su alrededor, puesto que estaba respondiendo a una señal de alarma. ¿Por qué estaba ahí parado como si esperara algo?

<Cuando cuente hasta tres,> dijo Jake en nuestra mente. <Uno... Dos... ¡Tres!>

—¡Zuuum!

Tobías bajó en picada desde el cielo a una velocidad increíble. Apuntó sus garras hacia adelante y golpeó al hork-bajir en la cara.

—¡GRRR! —Jake salió de su escondite, pegó un salto en el aire y se abalanzó sobre el hork-bajir con las patas extendidas y mostrando los colmillos. El individuo se desplomó sobre el suelo.

Jake se alejó rodando mientras el hork-bajir agitaba sus cuchillas en el aire como un carnicero fuera de control.

En ese momento, Rachel avanzó zarandeando su cuerpo descomunal.

<A un lado, Jake, ya lo tengo.>

Apoyó una de sus enormes patas de elefante sobre el pecho del hork-bajir y lo sujetó contra el suelo. No lo aplastó, pero lo inmovilizó como si fuera un insecto que podía ser despanzurrado con facilidad.

Entonces, el hork-bajir decidió que era el momento de rendirse, y se quedó muy quieto.

*Demasiado fácil*, me advirtió alguna parte de mi mente. *Demasiado fácil. Ningún controlador hork-bajir se rinde con tanta rapidez.*

Pero yo tenía otras cosas en qué pensar. Mi misión era introducirme en la nave Insecto y capturar al piloto taxxonita.

<¡Vamos!> grité.

Eché a correr dando grandes zancadas torpes con mis patas de gorila y agitando mis enormes y

119

poderosos brazos. Cassie y Ax me seguían. Los taxxonitas son una especie de ciempiés repulsivos y gigantescos, pero eso no me preocupaba. Éramos más que suficientes para apresar a un taxxonita.

Pero, entonces...

*¡Zuuum!*

Un rayo de luz roja e intensa atravesó el aire, y se interpuso en mi camino.

*¡Zuuum!*

Otro rayo de luz roja enceguecedora. ¡Lo que hizo fue hacer evaporar unas piedras mientras trazaba un sendero!

<¡Rayos dragón!> gritó Ax.

Giré sobre mis talones y busqué un lugar donde esconderme.

*¡Zuuum!*

<¡Miren!> exclamó Cassie en lenguaje telepático. <¡Allí, sobre el borde de la cantera!>

Miré en esa dirección y advertí que los rayos dragón formaban una jaula de luz mortífera alrededor de nosotros. Sobre el borde de la cantera había una fila de guerreros hork-bajires. Miré a la izquierda y a la derecha: ¡llegaban desde todos lados!

Toda la cantera estaba cubierta por los soldados hork-bajires, cada uno de ellos armado con un rayo dragón. Parecían miles. Estábamos completamente rodeados.

<¡Quédense con la forma animal!> nos ordenó Jake. <Que no se enteren de que somos humanos.>

<¡Ataquemos!> vociferó Rachel.

<¡No! ¡No seas estúpida! ¡Ni siquiera puedes tocar esa ladera de roca!>

Cassie llamó a Tobías.

<¡Tobías! ¡Tú puedes escapar!>

<No lo creo,> respondió él. <No hay viento, y me llevaría unos minutos remontar vuelo. Me quemarían vivo antes de que pudiera alejarme.>

La desesperación se apoderó de nosotros cuando nos dimos cuenta de que no había escapatoria.

<¿Qué vamos a hacer?> chilló Cassie.

<¡No puede ser! ¡Tiene que haber una salida!> gritó Rachel.

<Esta vez no,> dije en tono sombrío.

Estábamos atrapados. Nuestros enemigos nos superaban en número, y habían sido mucho más astutos que nosotros.

Era el fin.

En ese preciso instante, apareció *él*.

# CAPÍTULO 19

E ra increíblemente parecido a Ax y al príncipe Elfangor, y al mismo tiempo muy distinto. La diferencia no era visible a simple vista; era algo que se sentía.

Una sombra en el alma. Una oscuridad que ocultaba la luz del Sol. El mal; la destrucción. No era la capacidad de destrucción impersonal y programada de las hormigas. La suya era una maldad impetuosa y deliberada.

Tenía cuerpo de andalita. Era el único controlador andalita que existía; el único yeerk que había infectado alguna vez un cuerpo andalita, y que tenía la capacidad de metamorfosearse: Visser Tres.

El mismo Visser Tres que había asesinado al príncipe andalita Elfangor mientras nosotros retrocedíamos aterrorizados.

Visser Tres, temido incluso por los hork-bajires y los taxxonitas.

<Muy bien,> dijo, hablándonos en telepatía. <Por fin los tengo en mi poder, mis valientes bandidos andalitas. Estúpidos. ¿No se les ocurrió pensar que a veces cambiamos nuestras frecuencias?>

<¡Yeerk!> masculló Ax, con voz cargada de odio.

Visser Tres lo miró con sus ojos principales.

<Un pequeño,> dijo, sorprendido. <Parece que a los andalitas nos les queda más remedio que usar a sus hijos de guerreros.>

Ax ya iba a replicarle, pero Jake lo detuvo.

<¡Silencio, Ax! Ninguno de nosotros debe comunicarse con él. No respondas a sus provocaciones.>

Ax se quedó callado, pero temblaba de rabia. No me sorprendía, porque Visser Tres había asesinado a su hermano.

Pero Jake tenía razón: no podíamos dialogar con Visser Tres. Él no debía enterarse de que éramos humanos y no andalitas. Si habláramos, podíamos cometer un error y revelar la verdad.

Visser Tres parecía disfrutar de su gran momento.

<Qué colección tan variada de transformaciones. La Tierra posee unos animales maravillosos, ¿no les parece? Cuando hayamos esclavizado a los seres humanos y reconstruido este planeta a *nues-*

*tra* imagen, no deberemos olvidarnos de conservar vivas algunas de estas formas. Para mí será muy divertido probarlas.>

Ninguno de nosotros pronunció palabra, aunque sí emitimos algunos sonidos propios de animales. Jake, por ejemplo, gruñó, mostrando sus colmillos de tigre.

<Especialmente la tuya,> le dijo Visser Tres. <El tigre es un animal bello y peligroso. Me parece muy bien que lo hayas elegido. En realidad iba a pedirles que vuelvan a sus formas habituales, pero se me ocurre una idea mejor. Sucede que tenemos un invitado a bordo de la nave nodriza. Será muy divertido que Visser Uno los conozca transformados en animales.>

Yo estaba muerto de miedo; sin embargo, no dejé de notar cierto tono de burla en la voz de Visser Tres cuando nombró a Visser Uno.

<¿Oíste eso?> me preguntó Jake en la versión murmullo de la telepatía.

<Sí. Visser Uno no le cae muy simpático a Visser Tres.>

Seguramente, mientras no lo veíamos, Visser Tres había hecho alguna seña, porque en ese momento apareció en el cielo su nave-espada, brillando con mayor intensidad a medida que se acercaba.

La nave-espada es mucho más grande que las naves Insecto, y muy diferente. Es de color negro azabache, y está construida con forma de hacha de la época medieval. Tiene dos alas curvas que imitan la cabeza del hacha, y un "mango" largo que nos apuntaba.

<¡Nos convendría salir corriendo!> propuso Rachel.

<Eso sería suicida,> le respondí. <Además, mientras hay vida hay esperanza.>

<Sí, claro. Visser Tres nos llevará a la nave nodriza de los yeerks para presumir delante de su jefe. Un gran consuelo...>

Pero Rachel no hizo absolutamente nada, y yo tampoco. Todos nos quedamos ahí, bajo la mirada alerta de un ejército enemigo.

Seguramente habían aterrizado sin que los viéramos, mientras estábamos entretenidos mirando la nave Insecto.

Ax se había equivocado de frecuencia, y los yeerks imaginaron que se trataba de una emboscada. Nuestra trampa se había convertido en la trampa de Visser Tres.

Un grupo de soldados hork-bajires saltó desde el borde de la cantera y nos rodeó. En el momento en que la nave-espada aterrizaba, ellos nos apuntaban con sus rayos dragón.

—¡Vamos, obedezcan *farghurrash horlit*! —gritó uno de los hork-bajires, que siempre hablan mezclando palabras de nuestro idioma con palabras extraterrestres.

Señaló la nave, donde se había abierto una puerta lateral.

<Yo no entro ahí. No quepo,> dijo Rachel.

Pero a medida que ella se acercaba, la puerta se agrandó hasta volverse de su tamaño. La cubierta metálica de la nave comenzó a estirarse y crecer como si tuviera vida.

"¡La verdad es que somos un grupo de lo más patético!", pensé mientras ingresábamos en la nave. "Tan débiles, patéticos y estúpidos que nos creímos capaces de resistirnos a los yeerks."

Visser Tres tenía razón: éramos sinceramente unos tontos.

Lo más triste era que ésta ni siquiera era mi propia batalla. Iba a morir antes de tiempo.

Supongo que quería sentirme furioso pero, mientras marchaba hacia la nave con los demás, lo que sentía era indiferencia. Era como si no estuviera realmente ahí; tal vez, porque ya nada tenía importancia para mí. No dejaba de pensar: "Esto está pasando de verdad. No hay nada que hacerle: me llegó la hora."

Al día siguiente sería domingo. Papá iría al cementerio, pero esta vez, solo.

Le llevaría un tiempo aceptar que también me había perdido a mí.

Igual que cuando había muerto mamá, nunca encontrarían mi cuerpo.

La historia se repetía.

# CAPÍTULO 20

<**E**sto no me gusta nada,> comenté. Ya no soportaba más el silencio.

<A mí tampoco. Pero todavía no estamos muertos,> me respondió Jake.

<Es cierto. ¿Por qué será que eso no me pone contento?> le pregunté. Después miré a mi alrededor. Estábamos todos amontonados en un cubo de acero sin ventanas. Los seis lados del cubo tenían paredes negras y débilmente iluminadas. No había ninguna puerta. Era como una especie de ataúd.

<Parecemos integrantes de un circo,> dije. <Un elefante, un tigre, un gorila, un lobo y una desviación de la naturaleza.>

Mis amigos se rieron sin ganas. La verdad es que no sé por qué hacía chistes. Supongo que soy así: cuando pasa algo malo, bromeo, pero por den-

127

tro me siento realmente mal, como si hubiera tragado un montón de vidrios rotos.

<¿Y si nos transformamos?> sugirió Cassie. <A lo mejor, si se dan cuenta de que no somos andalitas, nos dejan ir.>

Ella sabía que lo que decía era una verdadera tontería, pero cuando uno está asustado trata de aferrarse a cualquier cosa, quiere creer que puede haber una salida.

La verdad era que había sólo dos posibilidades: una, que Visser Tres nos matara; y la otra, que nos infectara introduciéndonos un yeerk para transformarnos en controladores.

<Nos conviene quedarnos como estamos,> opinó Jake. <Si Visser Tres se entera de que somos humanos, puede perseguir a nuestras familias porque se va a imaginar que les contamos algo.>

<El príncipe Jake tiene razón,> dijo Ax. <Los yeerks no pueden arriesgarse a que otros humanos tengan información sobre ellos.>

Lo que decían era verdad. Supongo que yo lo sabía desde el principio, pero al oírlo me dieron ganas de esconderme en un rincón.

Mi papá. Los padres de Cassie. La mamá y las hermanas de Rachel. Los padres de Jake. Tal vez incluso el hermano de Jake, Tom, aunque él era uno de *ellos*. Sus vidas también corrían peligro.

De pronto, en una de las paredes se abrió una ventana de la misma manera en que antes se había abierto la puerta; era como si el acero estuviera vivo. Se formó un ojo de buey grande como para que todos pudiéramos ver; incluso Rachel, que pudo girar la cabeza un poco para ver con un solo ojo.

Cuando miré, me quedé congelado.

Debajo de nosotros, azul y blanca y tan hermosa que nos conmovió hasta las lágrimas, estaba la Tierra.

El Sol brillaba sobre el océano. Unas nubes flotaban sobre el Golfo de México formando una gran espiral, tal vez, un huracán.

<Miren,> dijo Cassie.

Observamos nuestro planeta a través de los ojos de los animales terrestres, pero con la mente de seres humanos.

¿Nuestro planeta? Bueno, al menos por ahora, aunque no faltaba mucho para que dejara de serlo.

Después la nave-espada se alejó de la Tierra, y vimos algo muy diferente.

<Por eso los yeerks abrieron una ventana,> dijo Ax. <Querían que la viéramos, así nos invadía la desesperación.>

Era la nave nodriza: un gigantesco insecto de tres patas. El centro era una esfera abultada. De la parte inferior, más chata, le colgaba una extraña serie de tentáculos de distinto tamaño, parecidos a los de una medusa. Cada uno debía de medir varios metros de largo.

Alrededor de la esfera había tres patas que primero se curvaban para arriba y después para abajo, exactamente iguales a patas de araña.

<Las patas son los motores,> nos explicó Ax. <Los tentáculos que le cuelgan del vientre funcionan como armas, sensores y recolectores de energía. Allí también está la plataforma kandrona. Los yeerks deben bañarse cada tres días en la pileta especial y absorber los rayos kandrona. Seguro que también hay una en el planeta Tierra.>

<Sí, ya lo sabemos,> le dije. <Tu hermano nos contó. Para lo que nos sirvió...>

El insecto se mantenía inmóvil en su órbita, como un depredador mirando con ojos hambrientos la Tierra azul de allá abajo.

<No puedo creer que en la Tierra no vean esta nave en los radares,> dijo Rachel. <¡Si es enorme! ¡Es casi como una ciudad!>

<Está cubierta por un escudo,> le contestó Ax. <Los radares no pueden detectarla. En condiciones normales, también sería invisible para nosotros, pero Visser Tres nos la muestra para aterrorizarnos.>

<Y lo peor es que lo está logrando,> comenté.

<Es la primera vez que estoy en el espacio,> dijo Cassie. <Es algo que siempre deseé. Siempre quise ver la Tierra desde lejos, como ahora.>

<Es un hermoso planeta,> señaló amablemente Ax. <No muy distinto del mío, aunque nosotros tenemos menos océano y más pradera. Les... les pido perdón por haberlos metido en este lío. La culpa es mía.>

Yo tenía ganas de gritarle: "¡Sí, es cierto, todo esto es culpa tuya!"

Pero Cassie dijo lo que todos sentíamos en lo profundo de nuestro corazón:

<Ax, tú estás aquí sólo porque tu pueblo quiso protegernos. Tu hermano y muchos otros andalitas murieron para tratar de salvarnos. Nada de esto es culpa tuya.>

Lo que Cassie decía era verdad, pero, a veces, cuando todo se desmorona, uno no quiere escuchar la verdad sino más bien encontrar alguien a quien echarle la culpa.

<Si hubiera abandonado antes de esta misión, me habría salvado,> murmuré. <Ésta iba a ser la última vez que participaba. Bueno... de todos modos, creo que realmente será la última...>

En un costado de la nave nodriza yeerk se veía una abertura: una entrada para las naves. En ese momento se introdujeron un par de veloces naves Insecto, que parecían muy pequeñas comparadas con el tamaño de la abertura.

Un minuto después entramos nosotros también, y nos vimos bañados en una intensa luz colorada.

A través de la ventana, veíamos soldados yeerks: hork-bajires, taxxonitas y otras dos o tres especies de alienígenas que vestían uniformes color rojo o marrón oscuro. Y también había humanos. Cuando los vi, mi primera reacción fue de alegría. ¡Si había humanos, teníamos alguna esperanza!

Pero después comprendí la verdad. No eran humanos; eran controladores. Yeerks. No muy diferentes de los hork-bajires.

Sentimos un ligero temblor en el instante en que la nave se detenía.

<¿Ax? ¿Qué tiempo llevamos?> le preguntó Jake.

<Hemos estado en transformación el cuarenta por ciento del tiempo permitido.>

Hice las cuentas mentalmente.

<Entonces ya utilizamos cuarenta y ocho minutos. Nos quedarían setenta y dos, ¿no?>

<Exacto,> confirmó Tobías. <No es demasiado tiempo. Tal vez Rachel tenga razón y nos convenga atacarlos no bien abran la puerta. Así moriríamos como héroes, y ellos no se olvidarían fácilmente de que estuvimos aquí.>

Vi que Jake extendía las garras como si estuviera pensando en usarlas. Después miró hacia el lugar donde había estado la puerta, como midiendo la distancia. Yo sabía que estaba dejándose llevar por el tigre que tenía adentro.

Al rato pareció distenderse.

<No,> dijo. <No debemos perder las esperanzas.>

Cassie se acurrucó junto a él y lo acarició con su hocico de lobo.

Supongo que era divertido ver cómo el lobo y el tigre se prodigaban ternura, pero a mí me puso un poco celoso: ellos al menos se tenían el uno al otro.

<Al menos, nuestro pequeño circo no les hizo las cosas fáciles, ¿no es cierto? Les causamos algunos problemas,> señalé.

<Sí, es verdad,> coincidió Rachel.

<Los... los humanos, ¿le temen e la muerte?> preguntó Ax, vacilante.

<Y... mucho no nos gusta...,> le respondí. <¿Y los andalitas?

<Tampoco nos gusta demasiado.>

Por la ventana veíamos un multitud de hork-bajires, taxxonitas y humanos corriendo de un lado a otro, apurándose para llegar a alguna parte. Se estaban alineando. Y ahora vestían de manera muy diferenciada; algunos llevaban uniforme rojo y negro; otros, dorado y negro. Los de uniforme marrón estaban en los extremos, como si fueran menos importantes.

De pronto, sin ningún tipo de señal, la ventana se estiró hasta convertirse en una enorme puerta en forma de arco. Un aire fétido inundó la habitación; era un olor a aceite, sustancias químicas y algo más que no pude reconocer.

Desde el piso de acero de la nave surgió una rampa. Nosotros estábamos parados en la parte superior, como si fuéramos animales en exhibición. Alrededor de nosotros, cubriendo un lado de la puerta de entrada, había hork-bajires, taxxonitas y humanos uniformados; la mayoría de rojo y negro.

Eran aproximadamente doscientas criaturas ordenadas por especie y paradas en filas perfectas. Casi una tercera parte del total estaban vestidos de dorado y negro. En este grupo había mayor cantidad de humanos, pero también unos cuantos hork-bajires increíblemente grandes.

<Jake, tengo la impresión de que a los rojos no les gustan mucho los dorados.>

<Me parece que son tropas que pertenecen a dos Vissers diferentes,> dijo Ax. <Creo... creo que oí a mi hermano hablar de eso alguna vez. Cada Visser tiene su propio ejército personal con sus propios uniformes.>

<Genial. Quién sabe cuál grupo se encargará de nosotros,> dije.

Detrás de las filas de soldados extraterrestres se vio un movimiento. Un grupo de criaturas avanzó hacia el frente.

En el centro estaba Visser Tres, seguido de dos enormes hork-bajires vestidos de rojo.

Y a su izquierda, un ser humano. Una mujer de pelo oscuro y ojos negros.

En ese momento, casi me desmayo. Aun antes de verle la cara ya me imaginaba quién era. Lo sabía.

Marcharon hacia la parte inferior de la rampa. Un grupo de soldados nos apuntó con los rayos dragón para evitar que causáramos algún problema.

Después, Visser Tres se volvió hacia la mujer

que estaba a su lado y le dijo en lenguaje telepático, para que todos pudiéramos oír:

<Ya ves, Visser Uno. La crisis fue superada; yo
mismo capturé a los bandidos andalitas. Tu viaje
fue en vano; puedes volver a casa.>

Visser Uno asintió con la cabeza, y nos miró con
esos ojos oscuros, tan humanos...

Ojos que yo conocía y recordaba.

Los mismos ojos que me miraban desde el por-
tarretrato de mi mesa de luz todas las noches de mi
vida.

Mi madre.

Visser Uno.

# CAPÍTULO 21

Me senté con un movimiento brusco. Debí haber sido todo un espectáculo: un gorila enorme y peludo que se desplomaba en el suelo en un segundo.

De haberlo visto, seguramente me habría reído a carcajadas.

¡Mamá estaba viva!

¡No podía creerlo!

Sentía ganas de gritar: "¡Mamá! ¡Mamá! ¡Soy yo, Marco!"

Pero la voz de Jake sonaba en mi cabeza, y me susurraba con firmeza:

<Marco, no digas nada. Quédate quieto, ¿me oyes?>

Así que no era mi imaginación. Jake también había reconocido a mamá.

<Marco, por favor, debes hacerme caso. Tienes que ser fuerte.>

Mamá estaba viva...

Mi querida mamá.

<Vamos, Marco. Levántate. No despiertes sospechas.> Jake me hablaba solamente a mí.

Yo lo oía, pero su voz parecía venir de muy lejos. Él no entendía. ¡Era mamá! ¡Mi mamá!

<Marco, ésa no es tu mamá. Ya no.>

<¿Qué dices, Jake? Mírala, es ella.>

<No, Marco. Ya no es más tu mamá. La tienen en su poder; ahora es una yeerk, ¿entiendes?

<Visser Uno, parece que has asustado al humanoide,> se burló Visser Tres.

—Eso es un gorila —respondió Visser Uno con frialdad—. Si vas a dominar la Tierra, al menos deberías aprender algo sobre el planeta, ¿no te parece?

<¿Y usurpar un cuerpo humano como tú? No, gracias. Los cuerpos humanos son débiles. Prefiero quedarme con el cuerpo de andalita.>

Mamá lo miró e hizo una mueca de desprecio.

<Usurpé un cuerpo humano para aprender cosas sobre la Tierra y sus habitantes. ¡Y gracias a eso pude iniciar la invasión que tú has puesto en peligro con tu ineptitud criminal!>

Visser Tres agitó su mortífera cola andalita como si fuera a azotar a mamá... es decir, a Visser Uno. Las tropas rojas se pusieron en guardia, y las doradas hicieron el ademán de tomar las armas.

<Parece que teníamos razón,> dijo Rachel. <Estos dos no simpatizan.>

Me di cuenta de que Rachel no sabía. Nunca había conocido a mamá; tampoco Cassie y Tobías. Además Jake había mantenido nuestra charla en privado.

Visser Tres se tranquilizó.

<Yo sé que te encanta provocarme, Visser Uno,> le dijo. <Pero lo cierto es que yo destruí las fuerzas andalitas. Derribé su nave y asesiné al príncipe Elfangor con mis propias manos mientras oía sus gritos de dolor. Y ahora he eliminado esta última y patética banda de andalitas.>

Mi mamá... Visser Uno... se limitó a sonreír.

—Tú deseas ser Visser Uno, ¿verdad? Crees que podrás arrebatarme el título. Ya lo veremos. Al Consejo de los Trece no le gustan los Vissers que cometen errores. Y tú los has cometido. Tu propia ambición te llevará a la ruina.>

Chasqueó los dedos y todos los soldados dorados dieron media vuelta. Después se alejó, seguida por sus tropas.

Ésa no era mamá. Al menos no era la criatura que se hacía llamar Visser Uno.

Visser Uno era el yeerk que se había apoderado de la mente de mamá.

Pero lo más terrible era que la mente dominada sigue viva, que le queda un resto de conciencia. En algún lugar dentro de esa cabeza, detrás de esos ojos que me resultaban tan conocidos, mi madre seguía viva.

<Tómalo con calma, Marco,> me dijo Jake. <Yo sé cómo te sientes. Sé que te mueres por hacer algo, pero ahora no es el momento. Nos cortarían en pedazos antes de que diéramos dos pasos.>

<Ya lo sé,> dije con voz apagada. Me odié a mí mismo por no intentar algo, pero sabía que no había nada que hacer. Era necesario que me escondiera bajo mi forma animal para que mi madre jamás se enterara de que era yo. No debía saberlo nunca...

Me levanté lentamente, con dificultad. Me sentía débil: una sensación muy extraña para un gorila.

Creo que, en ese momento, de haber tenido la forma de otro animal, me habría entregado y habría permitido que me dominara la mente animal. De esa forma, me dejaría gobernar por el instinto y anularía las emociones humanas.

Pero el gorila es muy parecido a los seres humanos. Sus instintos eran débiles. Al igual que nosotros, era una criatura con emociones; no podía protegerme del dolor.

<No se lo cuentes a los otros, Jake. Eres el único que la reconoció.>

<Está bien, no te preocupes.>

<Prométeme que no se lo contarás ni siquiera a Cassie.>

<Te lo prometo. Tú eres el mejor amigo que ten-

go; hace años que te conozco. Nadie se enterará por mi boca, te lo aseguro.>

Visser Tres nos miraba con fijeza; seguramente estaba pensando qué iba a hacer con nosotros.

<Seis andalitas,> dijo. <Seis cuerpos andalitas que podrían ser de gran utilidad para mis súbditos más leales.>

Ax estalló.

<Para que haya más basuras como tú, ¿no es cierto? ¡Otros controladores andalitas, otros seres abominables, anormales y viles como tú!>

Visser Tres levantó la cabeza, pensativo.

<¿Por qué eres tú el único que habla? Por supuesto, tienes razón: no tengo por qué permitir que otros adquieran los poderes de transformación de los andalitas. Pero tú eres un niño. ¿Por qué tus compañeros se quedan callados? ¿Y por qué siguen ocultándose dentro de esas formas animales? Es extraño, muy extraño.>

Se quedó un momento pensando. ¿Descubriría la verdad? ¿Se daba cuenta de que permanecíamos en silencio para que no enterara de que éramos humanos? ¿Descubriría que era por eso que seguíamos transformados en animales?

Hizo un gesto como restándole importancia.

<Llévenlos a una celda y tripliquen la guardia. Ante el menor problema, los matan.>

# CAPÍTULO 22

Nos condujeron por un pasillo. Rachel, con su enorme cuerpo de elefante, llenaba el espacio de la misma forma en que nuestros cuerpos de hormiga habían llenado los túneles en la arena. Tobías iba sobre mi hombro, ya que no podía volar en un lugar tan reducido.

El sitio adonde nos llevaron se parecía a la prisión de acero negro en que nos habían encerrado cuando estábamos en la nave-espada, salvo que esta vez no apareció ninguna ventana.

Lo único que había era una luz tenue que parecía ser irradiada desde el techo, pero nada más.

Me desplomé en un rincón.

<¿Cómo estamos de tiempo, Ax?> le preguntó Jake.

<Les queda el treinta por ciento del tiempo disponible, nada más.>

<Es decir, treinta y seis minutos,> tradujo Jake.

<Treinta y seis minutos y pasaré el resto de mi vida como elefante,> dijo Rachel. <Claro que, en realidad, no creo que me quede mucha vida por delante.>

Durante un rato conversamos sobre distintos planes para escapar, pero no era más que charla, pues sabíamos que estábamos atrapados. Había llegado nuestro fin. Estábamos a bordo de la nave nodriza yeerk, que era realmente enorme. Aun cuando tuviéramos una semana entera para conocerla, seguramente nos perderíamos en su estructura laberíntica.

Además, había cientos, quizás miles de yeerks armados hasta los dientes: hork-bajires, taxxonitas y otras criaturas que nunca habíamos visto antes, y por supuesto, también humanos, como mi madre.

Mi madre, Visser Uno, el más poderoso de los Vissers.

Me pregunté cuándo habría sucedido. ¿Los yeerks se habrían apoderado de ella hacía mucho tiempo? ¿Ya era un controlador en los últimos años que vivió con nosotros?

Cuando iba a mi cuarto a desearme las buenas noches, ¿ya era una babosa yeerk que cumplía un papel, como un actor?

Cuando yo me hacía el enfermo para no ir a la

escuela, ¿era un yeerk el que siempre descubría mi engaño y hacía bromas, insistiéndome hasta que yo finalmente reconocía la verdad?

¿Era un yeerk el que me daba los regalos de Navidad y cantaba en el coro de la iglesia? ¿Era un yeerk el que manejaba los hilos de la marioneta de mamá cuando ella me llevaba a la rastra a comprarme ropa que no me gustaba?

¿Acaso era un yeerk la persona que yo sorprendía jugando con papá como una adolescente cuando pensaban que yo no los veía?

Entonces, ¿todo había sido puro teatro? ¿Durante cuántos años?

¿Durante cuánto tiempo la que yo pensaba que era mi mamá había sido... uno de ellos?

De una cosa estaba seguro: su muerte había sido una simulación. Habían inventado la historia de que se había ahogado, y nunca pudimos recuperar el cadáver.

Pero ellos sí lo habían recuperado, ¿verdad? Los yeerks habían cumplido con su misión: se había iniciado la invasión de la Tierra. Visser Uno iba a dejar nuestro planeta en manos de Visser Tres, y ella tenía que desaparecer sin despertar ningún tipo de sospecha.

<¡Tiene que haber alguna escapatoria!> dijo Rachel.

<En nuestro planeta tenemos un dicho: "La gracia es la aceptación de lo inevitable",> le respondió Ax.

143

<Ah, ¿sí? Bueno, yo no acepto. Eso es lo que ellos quieren, ¿no se dan cuenta? Quieren que toda la raza humana se someta y acepte lo inevitable,> estallé.

Jake me clavó sus enormes ojos de tigre, y Tobías me lanzó su mirada eternamente feroz.

Me levanté.

<Tengo otro dicho para ustedes: "No te des por vencido ni aun vencido". ¿Saben lo que significa? Que no hay que rendirse, que siempre hay que levantarse y seguir peleando. Podemos morir, pero nunca debemos entregarnos.>

Me di cuenta de que todos mis compañeros me miraban. Varios pares de ojos estaban clavados en mí: los ojos grandes y tristes del elefante, los ojos del halcón y el lobo...

<Ya sé,> dije. <¿Qué les parece si volvemos a transformarnos en hormigas?>

Cassie se quedó boquiabierta.

<No puedo que digas eso. Creí que odiabas el cuerpo de hormiga tanto como yo.>

<Es cierto. Pero puede funcionar. Si nos transformamos en hormigas, tal vez encontremos alguna grieta y podamos escaparnos metiéndonos entre las paredes y las máquinas. Nos ocultamos, y después nos convertimos en un animal más peligroso para atacarlos y volver a desaparecer. A lo mejor hasta encontramos la forma de destruir la kandrona.>

<Es una locura,> dijo Rachel. <Pero me gusta.>

<Al menos les causamos algún problema antes de que nos atrapen,> agregó Jake con cautela. <Pero, ¿qué hacemos con Tobías?>

<Ustedes tienen que hacer lo que le conviene al grupo,> contestó Tobías. <Yo tendré que correr el riesgo, pero me sentiría mucho mejor sabiendo que ustedes andan por ahí, tratando de desbaratar los planes de los yeerks.>

<Puede dar resultado,> dijo Ax. <Los yeerks no conocen mucho sobre la metamorfosis, excepto Visser Tres. No se imaginan que podemos transformarnos en insectos.>

<Muy bien, entonces...,> empezó Jake.

En ese momento, una puerta apareció silenciosamente en la pared y se abrió.

Afuera había tres hork-bajires que vestían uniformes dorados.

Otros cuatro, uniformados de rojo, se hallaban desplomados sobre el piso, muertos o en estado de inconsciencia.

<No se muevan,> gritó Jake al ver que Rachel y yo nos preparábamos para atacar.

El hork-bajir que llevaba la delantera nos miró con atención. Era una enorme criatura que medía más de dos metros y en la cabeza tenía unas cuchillas de más de treinta centímetros de largo.

Después habló, pero de una forma que nos llamó la atención porque no usaba la extraña mezcla de idiomas característica de los hork-bajires. Hablaba como si se hubiera graduado en Harvard.

—Este pasillo continúa en esa dirección unos treinta metros más. —Señaló a su izquierda. —Después viene un puesto de guardia donde verán a dos hork-bajires y un taxxonita. Desde allí salen cuatro pasillos. Tomen el de más a la izquierda y síganlo hasta llegar al pozo de descenso. Después, bajen quince plataformas y se encontrarán con unos conductos de salida.

La criatura miró fijamente a Rachel.

—Tú eres demasiado grande para entrar en el conducto, así que cuando llegues allí, tendrás que transformarte. El dispositivo de escape está programado para devolverlos a su planeta y los dejará en el mismo lugar donde fueron capturados. Luego, se autodestruirá. ¿Entendieron?

Todos lo miramos, desconcertados.

<Es una trampa,> dijo Tobías.

<No. Ya estamos atrapados; podrían matarnos cuando quisieran,> le respondí.

<Marco tiene razón,> dijo Jake. <¿Por qué iban a dejarnos escapar si lo que quieren es matarnos?>

<Éste es uno de los soldados de Visser Uno,> señaló Ax. <Para Visser Tres, sería un fracaso total que sus prisioneros se escaparan, ¿no les parece?>

<¡Claro! ¡Se trata de un problema político!> exclamó Cassie, lanzando una carcajada. <Visser Uno está tratando de tenderle una trampa a Visser Tres. Si nos escapamos, le echará la culpa a él.>

—Tendrán que enfrentarse con todas las tropas de Visser Tres que aparezcan desde aquí hasta la salida —dijo después el hork-bajir de uniforme dorado—. Ahora, en marcha.

<¿Qué dices, Ax? >le preguntó Jake.

<Sólo les queda el quince por ciento del tiempo de transformación.>

<¡Eso es casi dieciocho minutos! ¡Hagámoslo!>

Las tropas de Visser Uno dieron media vuelta y se marcharon.

<Yo voy adelante,> dijo Rachel.

<Bueno, ¡andando! ¡Rápido!> dijo Jake.

Rachel introdujo su cuerpo gigantesco en el pasillo.

<¡Muy bien, veamos quién se atreve a detenerme!>

# CAPÍTULO 23

¡Plam! ¡Plam! ¡Plam! ¡Plam!

Las enormes patas de Rachel hacían vibrar el piso de acero a cada paso. Su cuerpo gigantesco rozaba las paredes del pasillo, así que yo apenas podía ver lo que había más adelante.

El pasillo siguió vacío hasta que llegamos al puesto de guardia, tal como nos había anticipado el hork-bajir.

Rachel ni siquiera aminoró la velocidad.

¡Plam! ¡Plam! ¡Plam! ¡Plam!

Vi que un taxxonita se acercaba corriendo con la intención de cortarle el paso. Un minuto después, tuve que saltar sobre los restos aplastados del enorme ciempiés.

<¡Cuidado! ¡Un hork-bajir!> gritó Cassie.

El hork-bajir, vestido de rojo, salió disparado desde un corredor lateral, y agitó uno de sus filosos brazos a unos pocos centímetros de mi cara.

<¡Vienen más!> nos advirtió Tobías. <¡Por atrás y por adelante! ¡Y todos de uniforme rojo!>

<¡No puedo darme vuelta!> gimió Rachel. Su cuerpo era tan grande que apenas entraba en el corredor, y no podía girar para ayudarnos mientras un grupo de hork-bajir vestidos con el uniforme de los soldados de Visser Tres corrían a los gritos por el pasillo.

<Yo sabía que no iba a ser tan fácil,> dije.

<¡Llegó la hora de pelear!> exclamó Ax. Lo dijo como si estuviera anunciando una fiesta.

Yo sentía lo mismo que él. Me sentía listo para la lucha. Ya estaba harto de tener miedo.

El hork-bajir más cercano volvió a agitar su brazo filoso, y esta vez logró hacerme un corte largo en la piel velluda de uno de mis hombros.

Eso bastó para enfurecerme. Es cierto: los gorilas son criaturas pacíficas, casi amigables.

Pero si alguien los hace enojar, se vuelven feroces. Especialmente cuando el gorila comparte su mente con un chico que se muere de ganas de eliminar a algunos yeerks.

—¡Grrrrr Grrrrr Gggggrrrr! —gruñí, y le di al hork-bajir un tremendo puñetazo en medio del estómago. Puse en ese golpe todas las fuerzas de cada uno de los músculos del gorila.

El hork-bajir salió volando por los aires, y su cabeza golpeó contra el techo. Cuando cayó, quedó totalmente fuera de juego.

Por el rabillo del ojo alcancé a ver que un compañero suyo bajir se lanzaba sobre Ax. El andalita agitó la cola con tanta rapidez que ni se la veía. El hork-bajir retrocedió asustado, y con un brazo de menos.

<¡Bien hecho, Ax!>

<¡Tú también estuviste muy bien! ¡Ja, ja!> En ese momento me di cuenta de que Ax me caía bastante simpático.

<¡Rachel!> le gritó Jake. <Sigue avanzando. Tienes que tomar el túnel de la izquierda, y buscar un pozo de descenso, sea lo que sea. Si nos quedamos aquí, vendrán cada vez más alienígenas.>

En ese preciso instante, como si los hubieran llamado, aparecieron dos hork-bajires más.

<¡Muévanse! ¡De estos dos me encargo yo!> dijo Jake.

—¡GGGGGGRRRRRR!

Jake lanzó un gruñido tan potente que seguramente resonó por toda la nave nodriza, y hasta yo me asusté. Los hork-bajires se miraron sin saber qué hacer.

Jake aprovechó ese momento de vacilación para abalanzarse sobre ellos.

Los hork-bajires son muy rápidos, pero no más que los tigres.

Uno de los alienígenas cayó al suelo mientras Jake le hundía los colmillos en ese cuello que parecía de víbora. El otro miró a su alrededor para cerciorarse de que nadie lo viera, y decidió que quería seguir con vida, así que retrocedió a una distancia prudencial.

Jake se alejó de su enemigo sin dejar de mirar al hork-bajir que estaba atrás. Después, corrimos a toda velocidad por el pasillo, que ahora se había convertido en un escenario de devastación.

Pasó lo mismo que en los túneles de las hormigas: lo único que podíamos hacer era tratar de escapar. Cuánto más lucháramos, menos posibilidades tendríamos de salir con vida.

De pronto...

<¡Ahhhhhh!>

<¡Es Rachel!> gritó Tobías.

<Estoy bien. Encontré el pozo de descenso, y estoy... descendiendo...>

<¿Qué es?> le pregunté.

<Un ascensor... pero sin piso,> me respondió ella.

Minutos después yo estaba sobre el borde del profundo pozo que parecía no tener fin. Rachel ya se veía pequeña, y eso que parecer pequeña no le resultaba nada fácil.

<¡El hork-bajir dijo que había que bajar quince niveles!> le recordé.

<¿Ah, sí? ¿Y cómo hago para darme cuenta?

<¡Piensa el número! La nave oye y comprende órdenes simples en telepatía,> le explicó Ax. <Bueno, al menos, *nuestras* naves funcionan así.>

<Ya estoy a punto de detenerme! ¡Qué bueno!>

151

<¡Cuidado! ¡Atrás vienen más hork-bajires! ¡Y son de la otra especie, los pequeños y arrugados!> nos alertó Cassie. <¡Avanzan a toda velocidad!>

<¡Listo para el salto al vacío!> exclamé. Después, miré hacia abajo y caí en el abismo.

De no haber sido porque estaba a punto de quedar atrapado para siempre en el cuerpo de un gorila, y porque me perseguía una banda de cuchillas guerreras, la experiencia habría sido de lo más divertida.

Descendí, aunque no demasiado rápido.

<Quince niveles,> pensé mientras los diferentes pisos se sucedían a una velocidad vertiginosa.

Doce niveles más abajo, pasé volando frente a un controlador humano que se preparaba para descender. Tenía una expresión de sorpresa muy humana en la cara, probablemente porque mientras estaba allí parado había visto un elefante volador, seguido de un gorila, un lobo, un andalita y un tigre.

<¡Viene un hork-bajir a toda velocidad!> nos advirtió Tobías.

Miré hacia arriba y vi que un enorme guerrero hork-bajir nos estaba alcanzando. Pero hasta que no llegara a nuestra altura, yo no podía hacer nada.

<Déjenmelo a mí,> dijo Tobías, que extendió las alas, las agitó con fuerza y se elevó hacia el enemigo que bajaba en picada.

Tobías estiró las garras hacia adelante y se las clavó al extraterrestre en los ojos.

—¡Grrrrr!

El hork-bajir se cubrió la cara. Supongo que estaba demasiado dolorido como para ponerse a pensar en qué piso debía detenerse. Nos pasó a toda velocidad mientras nosotros nos deteníamos en el nivel quince.

¡Por fin volvía a pisar tierra firme! Era una sensación increíble.

<¡Rachel! Recuerda que tienes que transformarte,> le advertí.

<Estoy trabajando en eso!> me respondió, achicándose un poco más a medida que avanzaba.

<¡Ahí están los conductos de escape!> gritó Ax.

Los vi a escasos metros de distancia. Unos segundos más y ya estaríamos fuera de peligro.

Rachel tropezó. En ese momento era mitad humana, mitad elefante. Una pesadilla en color rosado y gris, con enormes orejas y pelo humano, y brazos gordos y piernas sin pies.

Me agaché y la levanté con mis brazos poderosos. Debía de pesar alrededor de cien kilos, pero no era tan grande como para que no pudiera cargarla.

Llegamos a la puerta del conducto de escape, que se cerró detrás de nosotros ni bien introdujimos nuestros enormes cuerpos.

<¡Ax! ¿Cuánto nos queda?> le preguntó Jake a los gritos.

<¡Cinco por ciento del tiempo!>

<Seis minutos. ¡Empiecen la metamorfosis!>

Sentimos una vibración mientras el conducto de escape salía eyectado desde la superficie inferior de la nave yeerk.

Mi densa mata de pelo negro ya estaba a punto de desaparecer cuando el conducto describió un giro, y pudimos ver la Tierra.

¡La Tierra!

Y, mientras la pequeña nave giraba, también se hizo visible la nave nodriza de los yeerks.

"Ahora parece un chiste", pensé. "La nave nodriza yeerk. Y mi mamá dentro de ella."

Ja, ja.

Antes de volverme del todo humano, antes de que perdiera la capacidad de hablar en lenguaje telepático y tuviera que volver a pronunciar las palabras, dije:

<¿Jake?>

<Sí, Marco.>

<Por favor, que nadie se entere. Nadie tiene que saberlo nunca.>

<De acuerdo.>

<Mañana se cumplen dos años de la muerte de mamá.>

<Bueno, no te preocupes.>

<Sí. Pero, algún día...> Algún día, de alguna forma que no podía predecir, ganaríamos esa batalla. Los humanos y los andalitas nos uniríamos para derrotar a los yeerks, y liberaríamos a todos sus esclavos.

Y cuando digo todos, es *todos*.

<Algún día,> volví a susurrarle.

<Si, algún día, Marco,> me respondió mi amigo.

154

# CAPÍTULO 24

Supongo que no existen los cementerios lindos, pero el lugar donde recordamos a mamá es lo más agradable que puede ser un lugar como ése.

El césped es verde. Muy cerca de la tumba, hay un árbol. Todo siempre está muy tranquilo. Hay perfume a flores.

Pero yo odio ir allí.

Papá se quedó parado un rato largo contemplando la lápida de mármol blanco donde estaba escrito el nombre de mamá, el día en que nació, el día de su muerte, y un epitafio que dice: "Fuiste la esposa y la madre más amada del mundo. Te extrañamos".

Estábamos parados a cierta distancia uno del otro. No dijimos ni una palabra; los dos soltamos unas lagrimitas.

No soy la clase de chico que anda llorando por

155

los rincones. La mayoría de las veces me lo paso haciendo bromas. Es mejor reír que llorar, ¿no?

Yo creo que sí.

Aun cuando el mundo sea triste y terrorífico, *especialmente* cuando el mundo es triste y terrorífico: ése es el momento en que más necesitamos reír.

—Dos años —dijo papá, para mi sorpresa.

—Sí..., dos años.

Después tomó aire, como si le resultara difícil respirar.

—Escucha, Marco... estuve pensando.

—¿Sí?

—No he sido un buen padre para ti. —No era una pregunta, así que no le dije nada.

"A mamá... —empezó, pero tuvo que hacer una pausa para dominar el temblor de su voz—. A mamá no la haría feliz saber cómo viví los dos últimos años.

¿Qué podía contestarle? Decidí no abrir la boca.

—Bueno... lo que quiero decirte es que el otro día hablé con Jerry.

Jerry era su antiguo jefe, en la época en que tenía un trabajo fijo.

Se encogió de hombros.

—Tenemos que seguir viviendo, ¿no? No podemos... —Lanzó otro profundo suspiro. —A tu mamá no le gustaría que nos diéramos por vencidos, ¿verdad? En fin, el lunes voy a hablar con Jerry para ver si puedo volver al trabajo. Veremos si todavía me acuerdo de cómo se enciende una computadora.

Era una muy buena noticia. Papá había tomado una gran decisión. Supongo que lo que yo tendría que haber hecho era darle un fuerte abrazo y decirle que estaba muy orgulloso de él. Y en realidad, *estaba* orgulloso de él. Pero no era mi estilo.

—Papá, no te hagas ilusiones; nunca podrás manejar las computadoras, sobre todo los juegos...

Se quedó mirándome con la expresión vacía a la que me tenía acostumbrado desde hacía dos años. Pero, de pronto, lanzó una carcajada.

—¿Ah, sí? ¡Qué gracioso! ¡Yo me olvidé más de computación de lo que tú supiste en toda tu vida!

—¡Claro! ¿Y entonces, por qué siempre te ganaba cuando jugábamos al Doom?

—Porque me dejaba ganar.

Lancé un resoplido.

—¿Ah, sí? ¿Por qué no vamos a casa así te demuestro lo equivocado que estás?

No pude evitar que me abrazara. Supongo que no me resultó tan molesto.

Nos alejamos de la tumba de mamá, de la lápida que registraba la muerte de una mujer que no estaba realmente muerta.

Levanté la vista al cielo. El cielo azul de la Tierra. Mi planeta.

A esa altura, ella ya se habría ido de la nave nodriza. Estaría en algún otro remoto rincón de la galaxia.

Pero, dondequiera que estuviera, por lejos que fuera, yo la encontraría.

Algún día...

157